徳間文庫

ただ一人の幻影

森村誠一

徳間書店

目次

運命の初夜 5
永遠の祭壇 45
神風の怨敵《おんてき》 81
ただ一人の幻影 119
海の宝石 163
最後の灯明《みあかし》 197
芳《かぐわ》しき共犯者 237
遠い夏 289
解説　村上貴史 324

運命の初夜

照明が絞られ、結婚行進曲と共にスポットライトを浴びて、新郎新婦が入場して来た。

来賓たちの盛大な拍手が、カップルに集中した。

新郎新婦は媒酌人夫妻に挟まれて、メインテーブルに着いた。

シャンデリアが点じて、会場に華やかな光が弾んだ。

司会役の式根《しきね》正信《まさのぶ》が、

「これより、石川《いしかわ》敬一《けいいち》様、福本《ふくもと》雅子《まさこ》様のご結婚ご披露宴を開催いたします。

私は本日、司会の大役を仰せつかりました式根正信と申します。

ただいま、ご新郎、ご新婦は当会館の教会において、滞りなく結婚式を執り行われましたことを、ご報告申し上げます。

未熟者でございますが、本日誕生したご夫妻の新生活のスタートに際して、全力を尽くしてこの大役を相務めますので、よろしくお願い申し上げます。

「まずはご媒酌の安良岡直人《やすらおかなおと》様にご挨拶《あいさつ》をお願い申し上げます」

と開会を宣した。

式根の開会の辞につづいて、媒酌人が立ち上がった。

一緒に立ち上がったカップルに対して、

「どうぞお座りください」

と型通りの言葉をかけて、二人の紹介を始めた。

最近の結婚披露宴では、両家の家族構成や、二人が育った環境などについては省略するケースが多い。

カップルを中心に紹介し、両人の学歴、職業、趣味、人柄等を化粧して紹介する。

この披露宴においても、媒酌人は両人の経歴や出会いについて触れただけで、家庭環境は省いた。昔のような両家の結婚ではなく、両人だけの結婚という意識が強い。

だが、この披露宴では、媒酌人は新婦についてはかなり詳細に紹介したが、新郎は極めて簡略にすませた。新郎についての情報はほとんど知らされていないらしい。

カップルのアンバランスな紹介に、式根は、来賓も新婦方が圧倒的に多いことに気づいた。

新婦の父親は有力者らしく、来賓が多い。また新婦も交友関係が豊からしく、友人の出席が華やかである。

それに対して、新郎の家族や親類はほとんど見えず、友人、それも全部、男性が数人いるだけである。新婦側の来賓が新郎側の来賓席を埋めて、辛うじてバランスを保っている。

新郎の生家と、その人脈が遠隔の地にあるのであろうと、当初、式根はおもった。

そのとき式根は、新郎の顔に既視感《デジャビュ》を覚えた。

当初は気がつかなかったが、どこかで出会っているような気がした。いつ、どこで出会ったのか、おもいだせない。

だが、新郎は式根に対してまったく反応を見せない。

(他人の空似かもしれない)

と式根はおもった。

媒酌人の挨拶が終わり、式次第に従って主賓が何人か祝辞を述べる。

このスピーチもすべて新婦側であったので、式根はあらかじめ渡されたガイドラインに従って、新郎の人となりを、いかにも友人のように紹介した。

つづいて、ケーキ入刀。

「ウエディングケーキに新郎新婦が入刀されますので、カメラをお持ちの方は前のほうにお進みください」

と式根が呼びかけ、新郎新婦はケーキの前に立った。

カメラを持った来賓が、カップルとケーキを囲んでカメラを構えた。

アテンダントにおしえられたとおり、ケーキの前に立った新婦が持つナイフに、新郎が右手を添え、呼吸を合わせてナイフをケーキに挿入し、静々と切り下げる。アテンダントがナイフを受け取り、入刀式は終わる。

つづいて主賓の一人が、乾杯の発声をする。これも本来であれば新郎側の主賓が選ばれるのであるが、新婦側が指名されてグラスを挙げた。

乾杯の後は、しばし歓談となる。

新婦の前に、来賓が次々に挨拶に行くが、新郎には二、三人の友人らしい男が、おざなりの声をかけに来ただけである。

そのとき式根の脳裏に閃光《せんこう》が走った。新郎に会った時と〝場所〟をおもいだしたのである。

式根正信は司会屋である。冠婚葬祭、会議、記念式典、就任式、新製品発表会、贈呈式、歓・送迎会、ときには暴力団の手打ち式など、およそ人間が集まるすべての行事のコーディネーターである。ときには出席者や来賓がトラブルを起こしたり、式典中、予期しないアクシデントが発生したりする。

暴力団の確執調停の司会を務めたとき、話し合いがこじれて、血の雨が降りそうになったが、両者の意見を取り入れ、巧妙におさめたのが評判になって、一気に司会の依頼が集まった。

法科大学院修了後、司法試験に合格して、司法修習を終え、弁護士資格を取得したが、未曾有《みぞう》の就職難で、どこの法律事務所も求人をしない。

学生生活も受験勉強に集中し、日本一難しい司法試験を突破してから、さらに一年間、配属地や司法研修所で学び、卒業試験を通って、ようやく資格を取得して失業では、人生の方位をまちがえたとしかおもえない。

同期の資格取得者にも、弁護士登録をしない者も少なくない。就職先がないのに、登録しても仕方がないというわけである。

中には、即独《そくどく》（即独立）と言われる、自宅で開業する者もいる。だが、資格を取得しただけでは、弁護士は務まらない。

既成の法律事務所に就職して、訴訟の実務や、依頼人《クライアント》が持ち込む多種多様な案件の対応などを学ぶ経験を積まなければ、一人前の弁護士にはなれない。

弁護士をあきらめ、検事や裁判官に路線変更する者もいるが、これもまた狭き門である。

当初、式根は即独で開業したが、開店休業であり、司法への道を断念しようとしたとき、司会という見当ちがいの依頼を受け、これが意外に成功して、「司会屋」の道が拓《ひら》けた。

司会屋が軌道に乗りかけたとき、二十代後半の女性から、結婚詐欺にあったので、何とかならないかという相談を受けた。

結婚相談所で出会った、自称実業家という三十代後半の男と波長が合い、婚約、挙式して、新婚旅行に出発する直前、男は姿を消してしまったという。

婚約中も、ビジネスの入金が遅れて不足しているという運転資金を彼女が埋めてやり、それが返却される前に、挙式した。挙式の費用はすべて彼女が負担した。

披露宴が終わった後、彼の姿が消えてしまった。

急な仕事が発生したので、そのうちに連絡があるだろうと、ホテルの部屋で一人夜を明かしたが、とうとう彼は帰って来なかった。

ただ、姿を消しただけではない。受付をしてくれた友人たちから、来賓が預けていったご祝儀を、男がすべて持ち去ったということである。

そのときになって、女性は騙《だま》されたことを知った。彼の携帯や連絡先は応答がなかった。女性から聞いた男の居所は、すでに移転後であった。

女性《クライアント》から見せられた写真の主が、いま司会進行している披露宴の新郎ではないか。

新郎は式根に対面したことはない。式根の一方的な認識であるが、写真を媒体にしたプロの司会屋である式根のデジャビュに誤りはない。

新郎はおそらく同じ手を用いて、受付からご祝儀を集め、新婦を置き去りにして消えるであろう。その前に彼の身柄を確保しなければならない。

だが、新郎が披露宴来賓のご祝儀を集めても、犯罪を構成しない。現行犯として逮捕するためには、新郎が結婚詐欺の常習犯であることを証明しなければならない。

そのためにはどうすべきか。

新婦に新郎の正体を明らかにしても、信じてはくれないであろう。おそらく新郎が仕立てた擬似来賓は、祝儀を持参していないであろう。

いや、常習犯として用意したかもしれない。となると、わずかな金額であっても、夫婦として祝儀を共有する権利が生じる。

警察に連絡するか。結婚詐欺常習犯として被害者から訴えが出されているであろう。

式次第は進行して、新郎新婦は色直しに立った。この時間を使って、新郎は受付から祝儀を集める可能性がある。

「ただいまより、新郎新婦はお色直しに中座されます」

式根の言葉と共に、新婦はアテンダントに先導され、新郎がエスコートする。

二人が中座している間、祝電の一部が披露され、友人たちのスピーチがつづく。歌や隠し芸など、来賓の芸能が競う。

心利く助手の宮崎《みやざき》に進行を預けて、この間隙《かんげき》に、式根は会場の外へ出た。

受付には遅れて来る来賓のために、数人の幹事が待機している。

「幹事の皆さま、お疲れさまです。早帰りのご来賓もいらっしゃるとおもいますが、その方々には、こちらの受付で引出物を差し上げるように手配しておりますので、よろしくお願いします。

また、新郎がご祝儀を集めにいらっしゃっても、新婦のご尊父より、ご新婦方で管理されることになっていると伺っておりますので、そのようにお伝えください。

新郎が管理は自分に託されたとおっしゃったときは、至急、私か新婦のご尊父にご連絡ください。この件、くれぐれもよろしくお願いいたします。

なお、念のためにお伺いしますが、新郎方のご祝儀はどのくらいありますか」

「新郎方のご祝儀はございません」

受付を仕切っている幹事が答えた。

「新郎方の幹事様はいらっしゃいますか」

「受付はすべて新婦方で担当しています」

「さようならば、新婦方がご祝儀の管理をすることになんの問題もありません。新婦のご尊父の申し伝えでございます」

式根は念を押して、会場に引き返した。

色直しの前までは、型通りの式次第と来賓の祝辞がつづいていて緊張していたが、カップルが色直しに中座し、来賓が隠し芸を競い合って、砕けた雰囲気になっている。

会場に戻った式根は、宮崎に、

「間もなく新婦が色直しから帰る。新郎は姿を消すかもしれない。彼の跡をつけて、居所を確認してくれ。くれぐれも尾行を悟られぬように頼むぞ」

と耳許《みみもと》にささやいた。

一を聞いて十を知る宮崎は、承知とうなずいて、さりげなく会場から出て行った。

約二十分経過して、純白のウエディングドレスから、目が覚めるような振り袖に着替えた新婦が、色直しから戻って来た。

和装に着替えたはずの新郎と、会場の入り口で待ち合わせ、二人揃《そろ》ったところでアテンダントに先導され、照明を消した会場に再入場して、来賓たちの各テーブルを、キャンドルサービスしながら回る手はずになっている。

だが、着替えに手間取っているのか、新郎は二十五分経過しても、戻って来ない。

会場はすでに照明を消して、カップルの入場をいまや遅しと待ち構えている。

アテンダントが痺《しび》れを切らして、着替え室へ様子を見に行った。

式根は予測通り、新郎が逃亡したとおもった。彼はこのまま帰って来ない。

新郎が欠けた後半の披露宴を、どのように着地させるか。司会屋式根の腕にかかっている。

新婦の面《おもて》に香り立った気品が不安に変わって、色を濃くしている。

着付室からアテンダントが帰って来た。

「ご新郎はすでに戻られたそうです」

アテンダントは報告したが、そこに新郎の姿はない。

会場内から、別のアテンダントが入場するようにと催促してきた。これ以上は待てない。

式根は、新婦の耳に口を寄せて、

「ご新郎は少々気分が悪くなって、医務室で休んでおられます。この場は私がご新郎の代わりにエスコートいたしますので、ご安心なさってご入場ください」

とささやいた。

新婦は少し驚いた顔をしたが、式根の泰然《たいぜん》自若《じじゃく》とした頼もしげな姿勢に安心したらしく、式根と腕を組んで入場した。

いまや遅しと待ち構えていた家族や来賓たちは、スポットライトを浴びて入場して来たカップルに、盛大な拍手を集めた。

そして、新婦が腕を預けるはずの新郎の位置に、エスコートしている式根がいることに少し驚いたようであるが、本来のカップルであるかのように堂々とキャンドルサービスを主導する式根と、ぴたりと寄り添う新婦の、まさに絵に描いたような「お似合い」に、家族や来賓たちは、これも趣向の一つかとおもったようである。

式根に導かれて新婦の席に着いた彼女は、式根に新郎の席に着席してもらいたいような表情を見せた。

満場の拍手が沸き起こった。家族や来賓も、式根に空席の新郎役を務めろと求めているようであった。

司会席に戻った式根の、

「ただいまご新郎が体調を崩されまして、医務室で休んでおられます。さしたる変調ではないと医師が申しておりますが、緊張と疲労が重なったのではないかと推測されています。明日からの新婚旅行に備えて、ご披露の宴たけなわではありますが、大事を取ってお休みいただいております。

これも新婦のお美しさに、ご新郎が酔ったのではないかとおもいます。これを新妻酔いとでも申しましょうか、まことにお羨《うらや》ましい変調と承っております。司会進行はこのまま私めがつづけさせていただきます」

当意即妙の対応《つなぎ》に、会場は沸き立った。

新郎を欠いたまま式次第は進んだ。新郎新婦の両親への花束贈呈、閉会の辞に先立ち、両親から来賓への挨拶と謝辞が迫ってきた。

このとき突然、メインテーブルの新婦が立ち上がった。

何事かと満場の視線を集めて、

「司会の式根さんにお願いがございます。両親への花束贈呈に際して、式根さんに新郎の代役をなさっていただきたいのです。突然のお願いで恐縮ですが、どうか私の新郎役となっていただけませんか」

と遠慮がちに、しかしながら、意志の定まった口調で言った。

束《つか》の間、来賓たちは呆気《あっけ》に取られたが、拍手が沸いた。拍手は波及して、満場のリクエストとなった。

式根は新郎の代役を続行することになった。

式根が、披露宴後半の新郎の欠場を見事に埋めて、来賓は会場で配られた引出物を手に提げ、満足した表情で帰って行った。

両親、家族に囲まれた新婦が、来賓たちを見送った。

この見送りにも、新婦と家族一同から請われて、式根は新郎役を務めた。

来賓たちは口々に、式根の見事な対応と、代役ぶりを褒めてくれた。


披露宴は滞りなく、いや、滞りはあったが、ともかく破綻《はたん》もなく乗り切った。

家族は新郎の様子が気にかかるようであったが、

「大丈夫よ。あまり心配されると、かえって緊張して、治るものも治らなくなってしまうわ。あとは私が引き受けますから、お帰りになってお休みください。皆さんも疲れたでしょう」

新婦は、両親以下、家族、親類を労《ねぎら》って、帰宅するように勧めた。

家族たちも、明日はヨーロッパへ新婚旅行に出発することでもあり、カップル二人だけの初夜を邪魔しては悪いとおもったらしく、素直に帰って行った。

「本日は、まことにふつつかな司会で恐れ入ります。お疲れでしょうから、ごゆっくりお休みください」

式根が最後に挨拶して、引き取ろうとすると、

「お疲れのところ申し訳ございませんが、少々お話ししたいことがあります。少しお時間をいただけませんか」

と新婦が式根を引き止めた。式根は彼女の用件がおおよそ推測できた。

お色直し中に姿を消した新郎をさしおいて新婦が、司会者に話があるという。つまり、新郎よりも司会者が優先されている。

彼女は、消えた新郎が帰って来ないことを、すでに知っているのではないのか。

宮崎が間もなく帰って来て、新郎を尾行中まかれたと告げ、

「デパートに入り、エレベーターを何度も上下しました。あいつは馴《な》れていますよ。尋常のタマではありません」

と報告した。

新婦は初夜のためにキープした客室に、式根を案内した。

「このお部屋は、ご夫妻が旅行出発前夜お過ごしになるお部屋です。私が奥さまと一対一で入室するわけにはまいりません」

式根は部屋の前に立ち止まって言った。

「どうぞ、ご遠慮なく。彼はもう帰って来ません」

と、彼女は断定的に言った。

「どうしてそれを……」

「教会で挙式中、すでにおもっていました。この人は私の生涯の伴侶《はんりょ》になる人ではないと……」

「どうして、そんなことをおもわれたのですか」

「指輪交換、誓約、届け書記入など、すべておざなりで、心が入っていませんでした」

「緊張していたのではありませんか」

「とにかくお入りくださいませ。立ち話ですませられる内容ではございません」

と請われて、式根はデラックス・ダブルルームに入った。視野に大きなスペースを占めているダブルベッドがまぶしい。

「婚約して、挙式と披露宴の手配をしている間も、ほとんどすべて私に任せきりでした。家族や来賓も郷里が遠方なので来られないと、予防線を張ったような言葉から、薄々不審をおぼえていましたが、指輪交換の際、寸法《サイズ》を測っているはずの指輪が、私の指に合わないと知ったとき、彼に対する疑惑が確定したのです。

でも、ここまできてしまったからには、キャンセルできません。披露宴会場にはすでに来賓たちが集まっています。私は式場で、心の内で彼に決別していました。

披露宴中、お色直しに立ったとき、彼は受付へ行って、受付係の私の友人に、ご祝儀を受け渡すようにと命じたそうですが、あらかじめ式根さんから受け渡さぬようにと告げられていたことを聞きました。その時点で彼は、自分の正体、結婚詐欺師であることが露見したと察知して、逃亡したのです。式根さんは、初めから彼の正体を見破っていたのですね。

いまにして、あんな男にどうして惹《ひ》かれたのかわかりません。式根さんが逸速《いちはや》く彼の正体を見破ってくれなければ、私はもっとひどい目に遭うところでした。心より感謝申し上げます」

と、彼女は言った。

「恐れ入ります。もっと早く察知すべきでした。会場で初めてあの男の顔を見たとき、以前どこかで会ったような既視感があったのですが、いつ、どこで出会ったのか、乾杯までおもいだせなかったのです。

せめて予約の時点でおもいだせばよかったのですが、予約はホテルの仕事なので……」

式根は、新郎が結婚詐欺の常習犯であり、被害者が保存していた写真から、デジャビュの源をおもいだしたことを告げた。

「これでよかったのです。予約のときは、私、有頂天で、視野が狭かったとおもいます。幸いに、まだ婚姻届は出していません。強く求められましたが、身体《からだ》も許していません。被害は挙式と披露宴の費用だけです。

無事であったご祝儀は、早速皆さまにお返しいたします。些少《さしょう》ですが、これは私の気持ちです」

と彼女は言って、封筒を差し出した。その厚さからして、かなりの金額が入っていることがわかった。

「司会料はホテルのほうからいただいておりますので」

式根が封筒を差し戻すと、

「ですから、私の気持ちと申し上げました」

封筒が二人の間を行ったり来たりした。

「これではきりがありません。それではひとまず、私が預からせていただきます」

式根は根負けした。

彼が引き取ろうとすると、彼女は式根の腕を押さえた。

「お願いです。今夜、私を独りにしないでください」

彼女は訴えるように言った。

「それは困ります」

意外な発展の気配に、式根は少しうろたえた。

「奥様、いらっしゃいますの？」

「いいえ、独り者です」

彼女は少しほっとしたような表情をした後、

「今夜、この部屋に、独りで過ごすなんて、惨めすぎます。なにもされなくてけっこうです。お願いですから、私を独りにしないでください」

と式根にしがみつき、泣かんばかりにして訴えた。

「困ります。なにもしなくとも、ホテルのダブルルームにあなたと一夜を共に過ごせば、既成事実として認められてしまいます」

「私は認められてもいいです。あの男が逃亡した後、式根さんと腕を組んで、会場にキャンドルサービスをして回ったとき、私はあなたと本当の結婚式を挙げたようにおもいました。

あの男はあなたに出会うための踏み台にすぎなかったのです。お色直しの後、私は本当に幸せでした。この結婚式と披露宴は、あなたに出会うためにあるのだとおもいました。

結婚の披露宴で出会ったのも、定められた運命だとおもいます。お願いです。私と結婚してください。子供をたくさん産んで、幸せな家庭をつくります。きっと神様がお膳立《ぜんだ》てを整えて、娶《めあわ》せたのだとおもいます」

彼女はすでに式根に全身を預けていた。少し前まで赤の他人であった男と女が、ホテルの密室の中で抱き合っている。

女性から押しつけられた一方的な姿勢であるが、二人のどんな発展も許容される環境にあった。

彼女は司会屋のクライアントであるが、男と女として向かい合っても、なんの妨げもない。

しかも、彼女を異性として見るとき、その艶《つや》のある気品と、蠱惑《こわく》的な姿態の肉薄に距離をおくことは、男として至難の業であった。

そして女性から迫られているのに、距離をおく必要もない。

これを運命とすれば、男にとってベストの運命といえよう。

だが、式根は、まさにお誂《あつら》え向きの運命に、直ちに順応できなかった。もしかすると、自分は臆病なのではないか。

結局、式根は彼女を置き去りにできなくなった。

新郎に騙されて逃げられ、ホテルの豪華室で、独りで過ごす〝初夜〟は侘《わび》しいものであろう。

式根は、彼女が自殺するかもしれないと危惧《きぐ》した。

まさか明日、独りでの新婚旅行に発《た》つとはおもえない。今夜一夜さえ無事に過ごせば、新婚旅行をキャンセルして、明日は明日の風が吹くであろう。

若い娘だけに、ダメージも大きいが、立ち直りも早い。

式根が〝初夜〟のエスコートを承諾すると、彼女は小躍りするようにして喜んだ。

「明日は別の私になります。私は式根さんに人生を救われたのです。もし式根さんに出会わなければ、私はあの男と結婚して、人生をめちゃくちゃに破壊されたとおもいます。式根さんが私に取り憑《つ》いた疫病神を追い払ってくれたのです。言葉では感謝しきれません」

彼女は熱っぽい目を向けた。

言葉では感謝しきれないので、全身を提供したいというまなざしである。

最も魅力的な異性から、最良の環境で、すべてを許容されている。これを辞退するようであれば男ではない。

式根は独身、健康、司会屋という自らが発見、開発した、社会からニーズがある職能をもっている。

だが……式根は、初夜のエスコートは承諾したが、彼女から捧《ささ》げられた謝意を受け取ることにためらいをおぼえている。

こんな棚ぼたを食わないようであれば男ではないとおもったが、考えられる最もうまそうな棚ぼたを、大口開けて食することに卑しさをおぼえていた。

これは司会屋の謝礼ではない。使命でもない。彼の使命はすでに終わっている。

彼女が、置き去られた初夜の侘しさに耐えられず自殺を図ろうと、司会屋の責任ではない。

エスコートを承諾しても、彼女の全身的な謝意に便乗して、本来は別の男に捧げるべき身体を、漁夫の利にしてはいけないとおもった。

彼女はシャワーを浴びた後、備えつけの浴衣に着替えた。女性が初めての男の前で浴衣を着ることは、すべての許容を意味していると、だれかの言葉をおもいだした。

その言葉を裏書きするように、男の眼前で肌から湯の匂いが香り立つ。無防備な浴衣をまとった彼女は、艶冶《えんや》な許容そのものであった。

浴衣の下にはなにも着けていない。式根は目のやり場に困った。

まずは、ルームサービスを差し向かいで摂《と》った。

食事中、二人の間には料理と飲み物があった。無難な会話が弾んで、けっこう愉《たの》しい。

了解が成立しているカップルが、初めて夜を共にする前は、双方ともに緊張する。

ルームサービスであるが、披露宴の間、一物も胃の腑《ふ》に入れていない二人にとっては、まさに求真の美味（美味《うま》いものに真実がある）であった。

ワインの酔いが柔らかく二人の間を緩衝している。

食事が終わると、もはやベッドイン以外にすることがない。話題もおおかた尽きている。

部屋の主たるスペースを占めているダブルベッドが、ベッドインを促しているように見える。

「そろそろ寝《やす》みましょうか」

彼女が誘うように艶《あで》やかに笑った。

ここまできて逡巡《しゅんじゅん》はできない。式根はまだ浴衣に着替えていなかった。脱いだ衣服をシャワーを浴びた後、再度着たのである。

ベッドサイド・ランプの光量を絞り、先にベッドインした彼女の姿態が、逆光の中にシルエットを刻んで式根を誘っている。

式根は備えつけ寝衣のほうを選んで、彼女につづいてベッドインした。

だが、彼女に添い寝しているだけで、視線を天井に向けたままである。双方共にしばらく無言の時間が経過した。

「私って、よほど魅力のない女なのね」

彼女はぽつりと言った。

「それ、どういう意味ですか」

式根は愚かな反問をした。

「今夜は私の初夜です。魅力がないので、私よりも天井のほうに興味があるのでしょう」

「そんなことはありません。あなたは魅力のエッセンスです」

「だったら、どうして？」

「私も男です。あなたのような魅力の精の女性とベッドを共にしてなにもしなければ、男の看板をはずしたほうがよいとおもっています」

「だったら、抱いて」

彼女がすがりついてきた。

それでも動かず、式根は、

「結婚詐欺の男が逃亡したのに乗じて、あなたを抱くことは、男として卑怯《ひきょう》におもえるのです」

「卑怯……私にはベッドを分かち合いながらなにもしないあなたが、卑怯におもえます。今夜は私の初夜にちがいないのです。あなたがいなければ、私の人生一度限りの初夜を、結婚泥棒に盗まれてしまうところでした。

それを防いでくださった式根さんこそ、初夜を捧げるべき運命の人だとおもっています。どうか、私の運命の人になってください。一夜でけっこうです。初夜は一度しかありません。

式根さんが、ここまで来られて、運命の初夜のパートナーになることを拒めば、私は恥をかかされたことになります。お願い。私に恥をかかさないで」

と言って、彼女は熱い唇で式根の口を塞《ふさ》いだ。彼の抑制もそこまでであった。

彼女の言う運命の初夜の床を共有しながらなにもしなければ、女性にとって、これに勝る屈辱はないであろう。

本来は男が求めるべきものを、女性から求められたのである。

式根から、これまでの逡巡と抑制が吹き飛んだ。卑しくても卑怯でもよい。魅力の精からこれほどまでに求められて、亀の子のように首をすくめていたら、自分一人ではなく、男の沽券《こけん》にかかわる。

式根は天井から視線を彼女のほうに転ずると、その熱い唇に対して、さらに熱した唇をもって応えた。

双方共に貪《むさぼ》り合うように唇を重ね合い、呼吸が切れて息継ぎをする間もなく、さらにディープに貪りつづける。

深く唇を交わし合ったまま、二人はたがいに協力して、導入の体位を取っていた。

次の導入に備えて、ようやく唇を離した彼女が、

「恥ずかしいわ」

と言った。

すでに浴衣の裾は広げられて、式根を迎え入れようとしている体位の奥が、男をそそるミステリアスな陰となっている。

見えるようでいて見えないアングルが構成されている。それがまた男の欲望の火をかき立てる。

「そんなに見ないで」

彼女は声をあげて体位を少し変えた。同時にミステリアスゾーンの陰が、より煽《せん》情《じょう》的に迫った。

浴衣のほどけかけた帯が、いまにも落ち破られそうな城門の微妙な支えとなって、

攻城の兵士を阻止しているような際どい光景が、男女が身体を結ぶ直前の艶景となっている。

彼女は式根の侵襲を待ちかねているようであった。

式根は、むしろマゾヒスティックな快感に耐えて、宵宮のように、二人の間に合成されているセクシャルなさんざめきに酔っていた。

「お願い」

彼女は含羞《がんしゅう》に耐えて促した。

式根は開門同然の門扉を打ち破って侵入した。柔らかな抵抗を受けたが、立ち止まらず、侵入をつづけて、女性が提供する初めてのスペースに柔らかく包まれた。

結ばれた瞬間、彼女は小さな嘆声を発した。

いったん停止して呼吸を測り、再開した式根の先導に、彼女が協力した。

結ばれたまま、次第に高めていく波頭を、崩れる直前で維持する。二人の呼吸が合わなければできない維持《メンテナンス》である。

初めての同衾《コラボ》とはとてもおもえない精緻《せいち》な維持によって、最後の達成が引き延ばされている。

と何度かあきらめかけた抑制を、たがいに手綱を引くようにして波頭を躱《かわ》した。

（もはや、ここまで）

ついに耐えきれなくなった彼女が、式根の耳にささやいた。式根も限界まできていた。

「いらして」

手を取り合い、同時に達した官能の極致は、火山が噴火したように盛大な溶岩となって、崩落しながら二人の身体を溶接していた。

今日出会ったばかりの二人は、高度順応もせずに、巨峰《ジャイアンツ》に一息に駆け登ったような達成に、全力を使い果たした。そしてカップルは、交わった体位のまま昏睡《こんすい》した。

途中、パートナーの身じろぎをおぼえたが、式根が目覚めたときは、カーテンを引いた窓が明るくなっていた。

はっとして完全に目を覚ますと、式根がベッドを独占している。

バゲージラック（荷物棚）に置かれていたバッグや、クローゼットの中の衣服もない。脱いだ浴衣が綺麗《きれい》に畳まれて抽斗《ひきだし》の中におさめられ、室内用のスリッパがベッドサイドに揃えられていた。

ベッドサイド・テーブルに、

「運命の初夜、心から感謝しています。ご挨拶もせずに先発するご無礼をお許しください。後日、改めてホテル宛《あ》てにお手紙を差し上げます。生涯の想い出をかみしめながら」

とホテル備えつけの便箋《びんせん》に書き残されていた。

式根は彼女と共有した初夜が、夢のような気がした。

だが、夢ではない証拠が、書き置きとなって残されている。

身体には彼女と共に達したサミットが刻まれている。

彼女は運命の初夜と言ったが、式根にとっては、こうなることが当然の行きずりの一夜にすぎない。

そうと承知しつつも、心身に大きな空洞があいたような気がした。

彼女にとっての初夜は、式根にとっては最後の夜のように感じられる。そして、まさにその通りであった。

その後数日、式根は半ば虚脱して、茫然《ぼうぜん》と過ごした。せっかくの依頼も謝絶した。

こんなときに重大な会議や集会の司会を引き受ければ、取り返しのつかないミスを犯すような気がした。

数日後、ホテルから彼宛ての手紙が転送されてきた。

封筒の裏面には彼女の名前があった。だが、住所の記入はない。

封を切る手ももどかしく開いた便箋には、次のような文章がしたためられていた。

――この手紙を差し上げるべきかどうか迷いに迷ったあげく、投函《とうかん》いたしました。式根様とご一緒した夜を、私は生涯忘れません。あの一夜がなければ、私の後半生は荒廃したものになったでしょう。

失礼とは存じながらも、ホテルを先発したのは、式根様と別れられなくなるとおもったからです。私は式根様にふさわしい女ではありません。どんなに変わらぬ愛を誓っても、私はきっとあなた様を欺くとおもいます。

私は悪い女です。実は私自身、過去に結婚詐欺を働いて、騙した男の人を自殺させてしまいました。

先日、式根様に司会していただいたのは、私の妹の結婚披露宴でした。式前日に妹は体調を崩し、少しは業界で人脈のある父から、すでに多数の来賓から出席通知を受けているのに、いまさら急に取り消しはできない。おまえが妹の代役となって挙式してもらいたいと頼まれました。

妹と一歳ちがいの私は、両親からすらもまちがえられるほどよく似ていました。遠方の親戚《しんせき》や知人たちは、出席するために上京しています。外国から来た知人もいました。キャンセルの通知は間に合わず、またそんなことをすれば、父は業界の人脈に信用を失うと言いました。

父の困惑を見て、私は妹の代役を引き受けたのです。私には自信がありました。そして挙式と披露宴に妹役を務めたのですが、お話しした通り、指輪の交換時、妹の相手が私と〝同業者〟であることを察知しました。

挙式前に一度、妹に紹介されました。そのときなんとなく胡散《うさん》臭さをおぼえて、あの男はやめたほうがいいと忠告したのですが、のぼせていた妹は聞き入れませんでした。

挙式中、相手の正体に気づいたのですが、すでにプログラムは進行中であり、停止できません。こうなれば新郎の正体は問題ではありません。プログラムの完全消化が第一の目的であり、新郎は人形にすぎません。

ところが、ご存じのように、新郎は正体を見破られたことを知って、逃走してしまいました。新郎の欠けた披露宴は、檜《ひのき》舞台から主演役者が蒸発したようなものです。一瞬、途方に暮れたとき、式根様が新郎役を代行してくださり、本来の披露宴よりも完璧な御開きにしてくださいました。あのとき、私はプログラムが破綻しなかったことよりも、式根様にエスコートされて、私自身の結婚披露宴であるかのように、無上の幸福を感じました。そして、運命の初夜を式根様と分かち合ったのです。

このままあなた様と後半生を共にできたら、どんなに幸せかとおもいましたが、一人の男を殺してしまった私の前半生の汚れは決して消えません。その汚れは、洗い落とせぬまま後半生に尾を引いて行くでしょう。せめて先夜の想い出を、運命の初夜として、私の心の祭壇に祀《まつ》っていきたいとおもいます。

おかげさまで妹は元気になりました。もし一破片《ひとかけら》でも私たちが共有した一夜の記憶が式根様に残っていらっしゃったら、妹を訪ねてあげてください。妹も危うく詐欺師の餌食《えじき》になるところを、式根様に救われて感謝しています。

一目でよいからお会いしたいと申しておりました。妹の住居は左記の通りでございます。

私はこの手紙を書き終えて、異国へ旅立ちます。だれも知る人のいない遠い異国で、私の後半生を探すつもりです。

さようなら。

でも、これが永遠の別れになりませんように。またいつか、はるかなある日に、お会いすることがありますように。そのときはただ一人の異性が出会っても、たがいに気がつかないかもしれませんわね。どんなに遠く離れていても、いつもあなた様のことを想っております。かしこ――

手紙はそこで終わっていた。

式根は、自分が手紙を読んでいる間に、遠い異国に向かって飛び立って行く彼女の姿を想像して、窓の外の空に目を向けた。

光の溢《あふ》れる青い空の真芯《ましん》に、一筋の飛行機雲が白い直線を引いている。空の一筆書きの先端に、彼女がいるような気がした。

数日後の在宅率の高い日曜日、式根は彼女の妹に会いに行った。

会わずにおこうとおもったが、彼女の手紙の誘惑に耐えられなかった。

運命の一夜を共有しながら、ただ一人の異性を失った空洞を、せめて彼女と瓜二《うりふた》つという妹に会って埋めたいという誘惑に屈した。

不在であれば、それでよいとおもった。

彼女の住所は等々力《とどろき》の閑静な住宅街の、こぢんまりしたマンションであった。休日なので、管理人も休んでいるようである。

玄関口のドアフォンからルームナンバーを押すと、若い女性の声が応答した。

名前を告げると、はっと息を吸う気配がして、玄関ドアが開かれた。

妹の部屋の前に行くと、すでにドアを開いて妹が待っていた。彼女の顔を見た瞬間、式根は妹ではなく、彼女本人ではないかとおもった。

「お待ちしておりました。姉から式根様のことをうかがい、ぜひともお会いしたいとおもっていました。不躾《ぶしつけ》でも、私のほうから訪ねて行こうかとおもい迷っていたのです。

本当にようこそいらしてくださいました。式根様は私の人生の恩人です」

妹は頬を薄く染め、上気した声で言った。

住戸内は1LKの機能的な間取りである。いかにも若い女性の住居らしく、清潔で、華やかな室内模様である。

窓を彩る花模様のカーテン、工夫された位置に配された家具や、生花を盛った花瓶、壁のスペースをうまく利用した洋画の小品、飾り棚にさりげなく置かれた陶器や本、すべて住人のハイブロウなセンスによって統一された、洗練された生活環境であった。

高台に位置している窓からの眺めもよい。海のように広がる展望の奥に、遠い山の影が見える。探せば、富士山も視野のうちに入っているかもしれない。

室内を芳醇《ほうじゅん》なコーヒーの香りが満たした。あらかじめ式根のコーヒーの好みを知っていたかのようなタイミングである。

東京では贅沢《ぜいたく》になっている光景を一望にする窓に面した多目的室の応接コーナーに案内された式根は、国賓級の接待をされているような気がした。

高雅なコーヒーに洋菓子が添えられている。

すでに姉が下敷きを敷いてくれていたので、初対面ではないような親しさを感じ合ったようである。

式根にとっては、初対面どころか、姉その人と再会しているような気がした。

優雅で濃厚な時間が経過した。

長居しすぎたと気づいて、式根が腰を上げかけると、妹が引き止めた。

こんなことを何度か繰り返して、ようやく暇《いとま》を告げると、妹は玄関口まで送ってくれて、

「また、ぜひいらしてください」

とすがりつくようにして言った。

次に会ったら、どんな発展をするかわからない。初対面でも、式根が求めれば受け入れてくれるような、むしろそれを待ち望んでいるかのような積極的な許容が感じられた。

駅まで送るという妹を抑えて、式根は辞去した。駅まで来れば、さらに車内まで。そして、別れ難くなるにちがいない。

妹の視線を背に感じながら、式根は振り返らなかった。

角を曲がり、死角に入っても、後ろ髪を引かれるようなおもいである。

未練を断ち切ろうとした式根は、ふとおもい当たることがあった。

「式根様に人生を救われた」

と妹は言った。同じ言葉を姉が彼にささやいた。

姉から聞いた言葉であろうとおもったが、その言葉遣いといい、抑揚といい、姉の

言葉そのものであった。

(もしかして、妹は姉その人ではないのか)

両親すらまちがえるほどよく似ているという姉妹である。

妹は体調を崩したまま不帰の人になったのかもしれない。遠い異国へ行ったのは姉ではなく、妹だったのではないのか。

そして、姉妹が入れ替わり、姉は妹になって式根に再会した。

運命の初夜を、運命の再会につなげたのではないだろうか。

そんなことはないと否定しながら、式根は背筋に冷たいものが走るのをおぼえた。

永遠の祭壇

久しぶりの休暇であった。那須《なす》警部から、

「たまには命の洗濯をして来い」

と言われて、棟居《むねすえ》は重い腰を上げて旅へ出た。

休暇といっても一泊二日である。それも事件が発生すれば、とんぼ返りしなければならない。腰が重かったのは、犯人を追う刑事の習性を、咄嗟《とっさ》にギア・チェンジできなかったからである。

旅、特に山旅が好きで、学生時代は、新宿から松本まで中央線の駅名をほとんど諳《そら》んじるほど沿線の山を登った。

北アルプスから南アルプス、八ヶ岳《やつがたけ》、秩父《ちちぶ》など、沿線の山はほとんど登り尽くしている。

時間はたっぷりあったが、金がなかった。旅費がないときは、手近の奥多摩や丹沢に通った。

それほどの山好きが、せっかくの休暇をあたえられて出無精《でぶしょう》になっている。職業的にライフスタイルが変わってしまったのである。

久しぶりの自由時間を、万年床の中で怠惰《たいだ》に過ごしてしまいたくなる。

事件発生の呼び出しを受ければ、ベッドから跳ね起き、仏壇に灯明《とうみょう》をあげるのもそこそこに、血腥《ちなまぐさ》い現場に向かって飛び出して行く。現場にいるほうが、なんとなく腰が据わっている。

人が無法に殺害され、血の海となっている現場は、刑事にとっては居るべき場所におさまっているような安定した空間である。恐るべき順応というべきか。

そんな棟居は那須から、久しぶりに休みを取って、血に汚れた心身を洗ってこいと言われたような気がした。

たった二日間であるから、遠方へは行けない。棟居の目は、馴染《なじ》みの山が顔を揃《そろ》えている中央線沿線を追っていた。

だが、山登りをする気はない。折から紅葉の最盛期が終わり、観光客が波のように引いた後の静かな山里に立って、曾遊《そうゆう》の山を見たいとおもった。

すでに初雪がきて、沿線の高峰は蒼暗《あおぐら》い空に鮮やかなスカイラインを描いているであろう。そうおもうと、出渋っていた腰が急に軽くなった。青春の山の引力である。

(さて、どこへ行こうか)

と模索していた棟居の目に、なにげなくつけたテレビの画面が入った。

それは「小さな旅」のシリーズらしく、江戸期の宿場町の再現のような、昔懐かしい低い軒を連ねた家並みの前を観光客が行き交っている。遠い記憶のある既視《デジャビュ》の風景が画面に映し出されている。

「妻籠《つまご》」というレポーターの声が聞こえた。棟居は放映《オンエア》されている風景をおもいだした。

若き日、伊那《いな》から中央アルプスを越えて木曾谷《きそだに》へ下りたとき立ち寄った宿場町である。

青春の幻影のようによみがえった映像に、棟居の休暇の行先が決まった。

(妻籠へ行こう)

時間、距離、いずれをとっても一泊二日の小さな旅向きの目的地である。

深い谷間《たにあい》の隠れ里のような妻籠は、島崎藤村《しまざきとうそん》の『夜明け前』によって有名な観光地になったが、当時、季節外れに訪れたせいか、宿場は森閑と静まり返っていた。

その夜、ただ一人の客となった旅籠《はたご》の囲炉裏端《いろりばた》で冷えきった身体を暖めた記憶がよみがえった。

棟居は、書名は知っていても、『夜明け前』を読んでいない。旅籠の主《あるじ》から、藤村の母親は妻籠から峠を越えて、隣りの宿場・馬籠《まごめ》に嫁いで行ったという話を聞いた。当時、藤村よりも愛読していた串田孫一《くしだまごいち》のエッセイ集の中の「花嫁の越えた峠」という文章を改めておもいだした。

――（前略）花嫁の衣裳《いしょう》をつけて峠越えをする者も、おそらくはいまはどこにも見られまい。／ざっと一日がかりの峠を越して行くあいだには、その道々、彼女の心には陽があたったり、何かの影がさしたりしたに違いない。／峠にはいつも人間の匂いが漂っている。（後略）――

そして同じ筆者の『若き日の山』、

――（前略）ぼくもその峠を下ったような気がする。／善良な人たちばかりが住んでいるにちがいないその町へ、ぼくはどんな顔をして入って行けばよいのかと思った。／風の中にあることもあり、雨も降ることだろう。それから、光がはずんでいることだってあるだろう。ひややかな心をもてあましている人たちが、ぽつんと一人で、登っては下っていくその峠を、ぼくも知っている。(後略)——

棟居はその文言《もんごん》が気に入っていて、いまでも諳じている。

若き日、妻籠の宿の囲炉裏端での記憶が、圧倒的な郷愁のように出渋っていた棟居の心身を惹《ひ》きつけていた。

そして新宿駅から特急「あずさ」の乗客となった。

妻籠は当時の記憶とほとんど変わっていなかった。昔泊まった旅籠も、そのままの姿でその位置を占めていた。

だが、棟居の予想とちがっていたことは、オフシーズンにもかかわらず、多数の観光客が狭い街道を溢《あふ》れるように歩いていたことである。妻籠の人気が四季を通して高いことを示している。

若い都会的な衣裳の女性が目立つ。都会の盛り場並みの雑踏をかき分けるようにして、郵便物を配り歩いている時代物の飛脚衣裳をつけた郵便配達が、観光客のカメラを集めている。

やらせ《ステージ》ではなく、地元郵便局の観光客サービスらしい。本物の郵便配達である。棟居もつられてカメラを構えた。

　季節外れの異例な混雑は想定外であったが、さびれた宿場町を予想して来た棟居の心を弾ませた。

　今日では花嫁衣裳を着けて峠を歩いて越える花嫁がいないのと同様に、旅籠の囲炉裏端の歓待は、懐かしくはあってもタイムスリップして味わうことはできない。

　昔ながらの宿場町も、もはや『夜明け前』ではないのである。

　無目的に古い町並みを歩きながら、土産物屋を覗《のぞ》き、写真を撮り、休み茶屋で香ばしい五平餅《ごへいもち》を食い、茶を飲んでいる間に、秋の陽は傾き、夕闇を山が呼び寄せたように谷深い宿場町は昏《く》れまさってきた。

　東京では無目的に歩くということはほとんどない。なんらかの目的があり、オフのときでも緊張を緩めない。東京という人間の海が構造的にもっている高い水圧に順応している。

　だが、この宿場は深い谷底に隠れて、都会から一時的に逃れて来た旅行者には、高い圧力もなければ、排ガスもたくわえられない。心を放散して目的のない時間を悠然、あるいは茫然《ぼうぜん》と過ごせる。

それが一時的であるとしても、その間に命の洗濯ができるのであろう。

その夜は、遠い過去の囲炉裏のある旅籠ではなく、宿場から少し離れたリゾートホテルに泊まった。

豊富な湧出《ゆうしゅつ》量を誇る温泉に惹かれたのである。学生時代と異なり、囲炉裏端より温泉で暖まりたかった。

タイミングよくホテルからシャトルバスが巡回して来た。

なにげなくバスに乗り込んだ棟居は、先客の中に、記憶に新しい女性の顔を見いだした。宿場をぶらついている間に、何度かすれちがった若い女性である。

洗練された都会的な雰囲気をまとい、気品のある輪郭の濃いマスクである。

観光客に若い女性は多かったが、グループ、あるいはカップルばかりで、一人旅の女性は珍しいので記憶に残った。

先方も棟居をおぼえていたらしく、軽く会釈をした。

一人旅の女性は、自分の殻に閉じ籠《こ》もっているように見える。

ホテルは妻籠宿からバスで数分の位置にあった。深い山間《やまあい》に忽然《こつぜん》と出現する都会的なホテルの建物は、古い宿場町とシャープな対照をなして、メルヘンの世界に歩み入ったような気がする。

妻籠宿の雑踏に比べて、バスから下り立った客は少ない。玄関口で出迎えたホテルのスタッフに先導された館内も、人影がまばらである。

妻籠からシャトルバスに乗り合わせた女性と、フロントカウンターの前で別れ、案内された客室からは、外の山影が夕映えに染色された空を背負って濃くなっていくのが見える。

棟居は陽が昏れる前に温泉に浸《つか》りたくなった。都会の喧騒《けんそう》から遠く離れた深山の谷間に湧く季節外れの温泉を、光と闇が交替する逢魔《おうま》が時を狙って独占する。こんな豪勢な時間があろうか。

大浴場入り口の手前で、婦人風呂へ入って行く女性の後ろ姿が、ちらりと視野をかすめた。フロントで別れた女性のようであった。

脱衣場から浴室に入った棟居は、おもわず目を見張った。館内の大浴槽にたたえられた温泉から、かけ流しらしい湯が溢れ、立ち上る湯煙のかなたに広大な庭園が、昏れかけた空の下に幻影のように烟《けむ》っている。

館内外の間に仕切りは見えず、巨石と石灯籠《いしどうろう》を配した庭園へと開放している。

湯煙の奥をよく見ると、庭園と見える石の配置の間に大小の温泉が湧いて、降り積もる夕闇と共に降下する気温に反応して、盛大な湯煙を噴き上げている。

館内の浴場もかなり広いが、館外の露天風呂は爆発するような泉量をたたえて、夕闇に溶暗《フェードアウト》している。

棟居はこれまで、こんな豪快な温泉に入ったことはなかった。しかも、浴客の影は少なく、湯煙や岩陰に隠れている。

湯温はほどよく肌に心地よい。気温は降下しているが、湯から露出した肌を湯煙が柔らかく包んでくれる。

秋の陽は昏れ落ちるのに早いが、夕映えは煮つまり、未練げに高空《たかぞら》にたゆたっている。

ひたひたと西のほうから押し寄せて来る闇に最後まで抵抗していた残照が、ついに闇に屈し、満天の星が交替した。

湯に仰向けに浸り、湯煙の間にまたたく星の送信を眺めていると、都会の汚濁と、現場で浴びた被害者の血が洗い落とされていくようであった。

那須が言った「命の洗濯」の真意が、いま初めてわかったような気がした。

気の遠くなるような遠方の天体から光速に乗って送られてきた通信は、一方的ではあっても、いま確かに受け取っている。

たまゆらの休暇、星の海を見上げて、明日は人間の海に帰る。

腹がすいてきて、ようやく脱衣場に戻った棟居は、その浴場が「満天の湯」と名づけられていることを知った。

月は山陰に隠れていたが、月光が星の光を消す夜は、「満月の湯」と改名するかもしれないとおもった。

朝寝をして朝食時間に間に合うように食堂へ下りた棟居は、妻籠で出会った女性とふたたび顔を合わせた。どちらからともなく会釈を交わしたが、言葉を交わすには時間が不足していた。

旅の途上で出会う人は、しょせん行きずりである。旅は道連れというが、現代では一人旅、特に女性には先方から声をかけてこない限り、我が方からのアプローチは遠慮するのがエチケットであると、棟居はおもっている。

一夜過ごして、依然として一人であるところを見ると、旅の途上、合流する人もないままの一人旅らしい。

広いダイニングルームにそれぞれ適度な距離をおいて席を占めたまばらな客たちの間で、特に彼女は寂しげに見えた。孤独な影は周囲との接触を拒絶しているように見える。

意識の片隅に掛けながら、棟居は彼女から離れた位置に席を取り、朝食をすまして駅に向かった。車中、彼女の姿は見えなかった。

一日の命の洗濯でリフレッシュした棟居は、列車が新宿に近づくにつれて、自分の生息する領域の感触が濃くなるのをおぼえた。

満天の星と交信した昨夜が、すでに遠い追憶の世界に隔てられている。

ダイヤ通り新宿駅に到着した棟居は、排ガスと騒音に包まれた人間の海が、自分にとって最も適応する環境であることを改めておもい知った。

真っ直ぐ帰宅する気になれず、自宅近くにある行きつけの居酒屋に立ち寄った。

「おや、棟居さん、今日はお早いお帰《アガリ》りですね」

と店主が意外そうに声をかけた。

「いや、アガリではなく、休暇中だよ」

「刑事さんにも休暇があるんですね」

「それはあるよ。機械にも油をさす。人間は命の洗濯をしなければね」

「命の洗濯なら、家でもできますよ。さては、美しいお連れさんと洗濯をしてきましたね」

「美しい連れか……」

店主の言葉に、行きずりの女性の面影がよみがえった。

そのときになって、棟居は彼女が、いまは亡き恋人の面影に似ていたことに気がついた。

言葉も交わさなかったが、行きずりの女性がこの同じ人間の海に住んでいるとしても、再会する確率はゼロに近い。

「どうやら図星のようですね」

「いや、満天の星の一つだよ」

と棟居は答えた。

棟居の帰着を待っていたかのように、事件が発生した。

新宿区北新宿二丁目のアパート自室内で丸橋幸夫《まるばしゆきお》、二十五歳、フリーターが縊首《いしゅ》しているのを、しばらく姿を見ないのを不審におもった家主が、室内に入って発見した。

二日後、棟居は通信司令センター経由の通報を受けて自宅から現場に直行した。

現場には顔馴染《なじ》みの新宿署の牛尾《うしお》が先着していた。

ブランコと称《よ》ばれる縊首体は、すでに床に横たえられ、鑑識が検証している。

「やあ、棟居《ムネ》さん、休暇中と聞いていたが、旅先から呼び戻されたのですか」

牛尾が気の毒そうな顔をして問うた。

「いや、帰宅後通報を受けました。まるで見ていたようにタイミングよく呼び出されましたよ」

牛尾がすでに棟居の休暇を知っていることに驚いた。

「那須警部から棟居《ムネ》さんが休暇中と聞いて、少しがっかりしていたところでした。棟居《ムネ》さんのいない現場は、被害者が寂しがるでしょう」

「他殺《コロシ》の疑いがあるのですね」

「目の結膜に溢血点《いっけつ》が少し認められます。さらに、ブランコの縊溝《くびれ》に加えて、首の周囲に索溝《さっこう》（絞めた痕《あと》）があります」

犯人が絞殺した後、自殺に見せかけるために死体を吊《つ》るすと、首に縄目の縊溝《くびれ》と、絞殺時に刻まれた水平の索溝が残る。

鑑識の検証後、現場および周囲の綿密な観察が行われたが、現場には格闘、物色の痕跡《こんせき》は認められず、不審者を目撃した者もいなかった。

犯人の遺留品らしいものや、被害者本人以外の対照不能の指紋、掌紋《しょうもん》、足痕などは発見、採取されなかった。

だが、死者の乏しい遺品の中にあった数葉の写真の一枚に、棟居の目が固定した。

家主の話によると、丸橋幸夫は一年前、会社員というふれ込みで入居したが、定職をもたず、日常的に日雇いの仕事を転々としていたようである。

家賃の滞納はなく、不規則ではあっても仕事に出ていた。入居に際しての保証人には実兄がなっている。

訪問者、郵便物、届け物などはなかったという。

実兄に連絡がいき、遺体の確認が行われた。

家主は、入居後、実兄が訪問した姿を見たことはないという。

実兄・丸橋一成《かずなり》は警察に要請されて、しぶしぶといった体《てい》で弟の確認に来た。

「弟の交友関係については一切知りません。大学在学中から好き勝手なことをしており、親からは勘当同然でした。卒業後、就職もせず、父の仕送りを受けてぶらぶらしていたようです。アパートの保証人には父から頼まれて名義上なっただけです。どうせろくな死に方はしないとおもっていたのですが、どこまで親族に迷惑をかけるのか。弟の死に私は一切関わりありません」

死体の確認後、丸橋一成は苦々しげに言い放った。

室内には、テレビと缶ビールを数本入れただけの冷蔵庫以外には家具らしい家具はない。万年床の枕許《まくらもと》には雑誌や、カップ酒、袋菓子、かじりかけた果物などが扇形に散乱している。侘《わび》しい光景であった。

「二十五歳の若さで、兄からも見放され、こんな死にざまをして、寂しい人生だったんでしょうね」

牛尾がしんみりした口調で言った。

警察の捜査の対象になる死者の人生に、幸福な時間があったであろうか。

被害者の遺体は貧富に関わりなく不幸であるが、その死を悼み悲しむ家族や親しい友もない人生の終止符は侘しい。

特に無数の人間が犇《ひしめ》き合っている大都会の中で、「たった一人の死」は、その人が生まれた意義すら、一粒の泡沫《ほうまつ》のように消して、あとには生きたしるしすら残らない。

そして、その泡沫の死因を追求するのが刑事の使命であった。

新宿アパートフリーター殺害事件の捜査本部が、所轄の新宿署に設置された。

丸橋の遺体は司法解剖に付された。

死因は索条《さくじょう》（ひも）を首の周りに水平に一周、交叉《こうさ》して絞めた後、頭上に固定したダブルロープの末端に首を入れ、体重をかけた気道閉塞《へいそく》による窒息死と鑑定された。

自・他殺いずれとも言明していないが、参考資料として、胸部に原発した悪性腫瘍《しゅよう》（癌《がん》）が脳に転移して浸潤、発育していると付記されていた。


捜査本部に参加した棟居は、現場で発見した気になる写真と、休暇中訪問した妻籠で撮影した写真を見比べた。

丸橋幸夫の残した写真の中に、妻籠で出会った若い女性がいた。対比した写真中に、まちがいなく彼女が被写体として定着していた。

発見はそれだけではなかった。妻籠の写真の中に、丸橋幸夫が写っている。それもている。数葉に。観光客の列の中に、彼女の位置から適度の距離をおいて写っている。

ホテル館内では姿を見かけなかったが、棟居の視野の外にいたのかもしれない。

棟居は捜査会議に旅中の発見を披瀝《ひれき》した。

「休暇中の刑事が旅先で、たまたま撮影した女の写真の中に被害者が写っていただけで、二人の間につながりがあったとはいえない。被害者と女は連れ立っていたわけではなく、観光地で偶然すれちがっただけではないのか」

と早速、捜査を担当した那須班の山路《やまじ》から異論が出た。

「関係があったとは断定できませんが、数葉の写真、それもそれぞれ時間的間隔をはさんで撮影した写真に、同一の二人の人物がおさまっているのは偶然とは言い難いとおもいます。現に当該の六枚の写真に、二人以外の同一の被写体は郵便配達、それも一枚だけです。疑わしい対象の一つとして無視できません」

棟居は主張した。山路はまだなにか言いたそうであったが、那須が、

「棟居《ムネ》さんの意見には一理ある。可能性の一つとして当たってみよう。ところで棟居《ムネ》さん、この行きずりの女性を六枚も撮影したのかね」

那須が問うた。

「知り合いの女性に少し似ていたものですから……」

「初恋の人かね」

那須の質問に、捜査会議の緊張していた空気が一挙に緩んで、笑声が湧いた。

丸橋幸夫の現在の人間関係はないに等しい。兄の一成に件《くだん》の写真を提示して問うても、その女性に心当たりはないとにべもなく答えた。

棟居は丸橋と女性がほぼ同年配であることに注目して、彼の過去をさかのぼった。

大学、高校、中学とさかのぼり、高校のクラスメートの一人が、提示した写真に反応した。

彼女の名前は藤中千尋《ふじなかちひろ》、丸橋の先輩であった。その実家から現住所が判明した。

一方、牛尾は死体の状況にも不審をもっていた。それは被害者に止《とど》めを刺した首筋の斜めの索条痕を刻んだ索条である。

その索条の首に接触する部位に、被害者の右手第一指の爪の破片が残されていた。

被害者が首筋水平に走る索条によって絞殺されたのであれば、犯人が自殺を偽装するために天井から吊り下ろした索条に、被害者の爪の破片が残るはずはないと、牛尾は考えた。

つまり、被害者は吊り下げられたとき、まだ生きていたことになる。苦悶《くもん》のあまり、指を首とロープの間に差し込んでもがいたのではあるまいか。

牛尾は自分が抱いた不審を、捜査会議にかける前に棟居に諮《はか》った。

「なるほど。それはおかしいですね。犯人の心理としては、息絶えたのを見届けた後で吊るすはずですが……」

棟居も首をかしげた。

「捜査会議では、犯人が死んだとおもい込んで、まだ息のある被害者《ガイシャ》を吊るしたんだろうと一蹴《いっしゅう》されそうです」

「ロープに指を入れて爪を剝《は》がすほどもがく力が残っていれば、犯人は気がついたはずです。まず完全に息絶えたのを確かめてから吊るしたはずで、犯人の心理にそむいています」

棟居は牛尾の不審を支持して、

「もしかすると、丸橋は自殺するつもりで、自ら首を絞め、死に切れず、天井から吊り下がったのではないでしょうか。剖検《ぼうけん》の参考付記によると、彼は末期癌だったそうです。余命幾ばくもないと知って自殺をした可能性も考えられます」

「だったらなぜ、苦痛の多い、ややこしい死に方をしたのだろうか。さっさとブランコに乗った（首を吊った）ほうが楽だったろうに……」

牛尾が自らに問うように言った。

「捜査会議から同じ質問をされる前に、当たってみたい人物がいます」

棟居は捜し当てた丸橋幸夫の高校の先輩・藤中千尋の存在を牛尾に伝えた。


棟居と牛尾は連れ立って藤中千尋に会いに行った。

面会前の予備調査によって、三ヵ月ほど前、一流企業のＯＬから銀座の老舗《しにせ》クラブのホステスに転身したことがわかった。

入店間もないのに客の人気を集めて、ナンバーワンに駆け上りそうな勢いであるという。

藤中千尋は面会要請に応えて、時間と場所を、出勤前の午後、自宅に指定した。

藤中千尋は目黒区内の私鉄沿線近くのマンションに一人で住んでいた。指定時間に現れた二人を、彼女は、

「こんなところにご多忙のお二人をお呼び立ていたしまして」

と丁重に迎えた。

初対面の挨拶《あいさつ》前に香り高いコーヒーが二人の前に出された。

棟居にとっては初対面ではないが、彼女は特に反応を示さなかった。旅先での行きずりであったので、忘れてしまったのであろう。

「いいえ。ご出勤前に突然お邪魔いたしまして申し訳ございません」

二人は恐縮した。

2Kほどのこぢんまりした間取りのようであるが、若い女性の住居らしく、華やかなインテリアで、工夫された位置に家具が機能的に配置され、いかにも居心地よさそうな住環境をつくりだしている。

「ご多忙とおもいますので、早速、用件に入らせていただきます」

棟居と牛尾は名刺を差し出すと、前置きを省いて本題に入った。

「あら、刑事さんとは知りませんでした。その節は失礼いたしました」

藤中千尋は改めて驚いたような目を棟居に向けた。やはり妻籠での出会いをおぼえていたのである。

「失礼は私のほうです。実はその節、撮影した写真に写っている人物についてお尋ねいたしたく、お邪魔しました。この人物をご存じでしょうか」

棟居は件の写真を千尋の前に並べて、丸橋幸夫を指さした。

「よく知っています。同じ私立高校の後輩でした。丸橋さんの事件は新聞やテレビのニュースで知っています」

千尋は面《おもて》を少し曇らせて答えた。

「丸橋さんは自・他殺いずれともまだ確定できませんが、その死についてなにかお心当たりはありませんか」

棟居は重ねて問うた。

「あります。私、そのことを警察に届け出ようか、私の胸の裡《うち》に畳み込もうか迷っていたところに、お二人がお見えになりました」

「心当たりがある」

千尋の素直な答えに、棟居と牛尾はむしろ驚いた。

「丸橋さんが私の後を尾《つ》けて妻籠に来ていたことは、そのときは知りませんでした。母校の後輩で、ご本人から手紙をもらうまでは忘れていました。手紙をもらって、初めて同じ日に妻籠に行っていたことを知らされたのです」

「丸橋さんからの手紙で知らされたとおっしゃいましたが、丸橋さんのほうは、そのときあなたに気づいていたことになりますね。気づいていながら、なぜそのときあなたに声をかけなかったのでしょうか」

「どうぞ、この手紙をお読みください。私が説明するよりも早いとおもいます」

藤中千尋はあらかじめ用意しておいたらしい一通の分厚い封書を差し出した。

「失礼します」

棟居は開封されている封書を受け取った。

手紙の文言は次の通りである。

——卒業後、ご無沙汰《ぶさた》のまま、突然お便りを差し上げる失礼をお許しください。すでにお忘れかとおもいますが、私は藤中さんの母校、××高校の後輩・丸橋幸夫と申します。当時、凄《すさ》まじいいじめに遭っていた私を保護してくださったあなたは、命の恩人です。当時の私のクラスメートで仲がよかった岡本静子《おかもとしずこ》は、常に学年の首席でした。クラスの女番長・山川《やまかわ》ひとみはいつも次席で、岡本静子を妬《ねた》み、陰湿ないじめをしていました。

山川ひとみは一流同族会社・山川通商の現社長、当時重役の子女であり、父の威光を笠《かさ》に着て、全校の女王気取りでした。山川通商の会長が学校の理事に連なり、多額の寄付を受けているので、校長も教師も、山川ひとみの全校支配になにも言えませんでした。

そんな環境の中で、ひとみは岡本静子をいじめの的にしたのです。クラスもひとみに同調しなければ自分がいじめられるので、心ならずもいじめに加わっていました。いじめは陰湿で残虐でした。教師もうすうすいじめがある事実に気づきながら、親の威光の前に黙っていました。

そして、ついに岡本静子を校舎の屋上から飛び下り自殺に追い込んだのです。学校はいじめの結果であることをひたすら秘匿し、受験のストレスによる自殺に仕立て上げて、真相を塗り隠してしまいました。

しかし、それは自殺ではなかったのです。山川ひとみは岡本静子を、放課後、二人だけで話し合いたいことがあると偽り、校舎の屋上の隅に連れ出したのです。私はそのとき屋上に来合わせて、二人が話し合っている姿を見かけ、物陰から様子を窺《うかが》っていました。

どんなことを話し合っているのか、声は届きませんでしたが、二人は笑顔で言葉を交わしていました。たぶん山川ひとみは言葉巧みにいじめを謝っていたのではないかとおもいます。ひとみから謝られてほっとしていた岡本静子の油断を衝いて、ひとみは背後から突き飛ばしました。油断していた静子は四階建ての屋上から墜落し、地上に激突して即死しました。

その一部始終を私は目撃していました。山川ひとみは私に見られていたことを知らなかったはずです。

しかし、岡本静子が死んだ後、生前の彼女と親しかった私に、いじめのターゲットが変えられました。岡本静子は私の初恋の人です。静子を殺したのは山川ひとみだと警察に訴えようかと何度もおもい立ちましたが、私の父は当時、山川通商の秘書室長でした。そして、兄は大学卒業後、同社への就職が内定していました。もし私が山川ひとみを告発すれば、父は失業し、兄は内定を取り消されます。

私は口を閉ざしました。そのことは私の生涯背負う心の債務となりました。岡本静子を殺したのは山川ひとみではなく、私だと自責するようになりました。二人が屋上で話し合っている場面を見たとき、不吉な予感がしたのですが、予感に従って私が姿を見せれば、岡本静子は死なずにすんだとおもいます。

　山川ひとみのいじめに遭って、だれにも訴えることができず、岡本静子の後を追おうかとおもったとき、先輩の藤中さんが、私の顔色から不穏な気配を察知したらしく、「人生はお天気のようなものよ。黒い雲で真っ暗になると一生つづきそうな気がするけれど、必ず晴れるわ。一時の黒雲や嵐で弱気になってはいけないわ」と、私を慰め、励ましてくれたのです。

「人生は天気のようなもの」、その言葉が私を励まし、今日まで生かしてくれたのです。

　兄はその後、山川通商に入り、藤中さんと結婚を前提としてのおつき合いをしていることを知りました。藤中さんも同じ会社に就職したと聞いて、因縁をおぼえました。ところが、兄は社長のお声がかりで山川ひとみと婚約し、藤中さんを捨てたのです。兄は私に、「藤中さんと社内結婚をしても、貧乏なサラリーマン所帯が一つ増えるだけだ。社長令嬢と結婚すれば、末の出世は約束されている。藤中さんには出世してから、それ相応の償いをするつもりだ。俺の婚約を知った藤中さんは、直ちに会社を辞めた。いま藤中さんに妙な行動を取られると、せっかくの逆玉の輿《こし》が御破算となる。

だから当分、藤中さんを見守ってもらいたい」と指示しました。

兄は打算から藤中さんを見守るようにと命じたようですが、愛し合っていた兄から突然背を向けられた藤中さんが、絶望のあまりなにをするかわからないという不安に、私自身が襲われました。そして、兄の指示というよりは、私自身の意志から藤中さんをそれとなく見守っていたのです。

妻籠に藤中さんの後を追って行ったのも、そんな不安があったからです。藤中さんは私の顔を忘れていたらしく気がつきませんでした。

私はすでに体調を崩しており、余命が短いことを医師から予告されていました。「人生はお天気のようなもの」を私の信条としてきましたが、天候の変化を待つ時間が不足していることを医者から告知されたのです。

このまま時の流れに任せていれば、兄は山川ひとみと結婚します。兄をあんな悪魔と結婚させてはならない。残虐で、人を殺すことをなんともおもわない冷酷な人間と結婚すれば、兄の将来は目に見えています。岡本静子を救えなかった私は、兄を救い、兄をあなたの許に返すのが私の債務の返済だとおもいました。すでに父はリタイアしており、社奴《しゃど》の鎖から解放されています。

私の人生は二十五年の短いものですが、最も有効な使い方はないものかと、すでに腫瘍が発生している脳漿《のうしょう》を絞って考えました。そして余命の残る力を結集して、山川ひとみの古い罪を告発して兄を救い、あなたの許に返し、岡本静子の恨みを晴らすことが、病魔に侵された残り少ない命の最も価値のある燃やし方ではないかとおもい至りました。

人生最期の私の志として、この手紙をあなたの手から司直、あるいはマスメディアにお渡しいただければ幸いです。私は自殺ではありません。山川ひとみに殺害されたのです。私の兄は魔女に一時、心を惑わされましたが、本来は聡明《そうめい》で優しい人間です。あなたの許へ帰り、きっと幸せな家庭をつくるでしょう。兄があなたを見守るようにと指示したのは、打算からだけではなく、自分の代わりとなって藤中さんを守ってくれという意味でした。兄をあなたの許に戻すまで守れなかったのは残念ですが、私の身体を燃やさなければ魔女を退治できません。

最後に一言。私は兄の代理ではなく、あなたを女神として心の永遠の祭壇に祀《まつ》る信者です。人生を天気になぞらえたときのあなたは、岡本静子の生まれ変わりのように見えました。

長文の独り言、お許しください。あなたの幸福を、永遠の信者として祈りつづけます。――

手紙の文言は以上であった。

顔を寄せて一緒に読み終わった棟居と牛尾は、顔を見合わせた。

文中、筆者は山川ひとみに殺害されたと記述しているが、同じ文中で、「残り少ない命の最も価値のある燃やし方」と、自らの意志による死と告白している。

棟居と牛尾が手紙を読み終わるのを待っていたように、藤中千尋が口を開いた。

「私は東京という街を甘く見ていました。無数の人間が寄り集まり、犇《ひしめ》いている海のような大都会は、小さな田舎町や集落のようにたがいに顔を知っており、プライバシーに踏み込み、箸《はし》の上げ下ろしまで干渉するような息苦しさはない。相互無関心の赤の他人《エトランジェ》、『隣りはなにをする人ぞ』式にクールに暮らしているとおもい込んでいましたが、とんでもないまちがいでした。

大都会になればなるほど、人口は稠密《ちゅうみつ》に、生活圏は混み合ってきて、近・隣人同士の探り合いが激しくなります。未知の人間を敵性と見なして警戒する一方、敵を知るために詮索《せんさく》欲が強くなります。他人の落ち度を探し出して、これを集合の絆《きずな》にします。つまり、都会はいじめのユニットの集合体です。彼の婚約によって、私は社内から目引き袖引きされて、いたたまれなくなり、会社を辞めて夜の世界に住み替えたのです。郷里よりも東京のほうが隣り近所の人間を敵として強い興味をもっていることを、私は初めて知りました。

田舎の人たちの興味は、もっぱら隣人のプライバシーですが、大都会に暮らす人たちが隣りのエトランジェに抱く関心は敵対的です。東京は相互無関心の人間の海ではなく、相互敵意に満ちた人間の海です」

と、千尋は肩の荷を下ろしたように言葉を結んだ。

藤中千尋の家を辞去した棟居と牛尾は、丸橋幸夫の遺書と、彼女の供述の裏づけのために、関係人物の母校に足をのばして、事件発生当時の記録の閲覧を求めた。

学校側は当初、協力を渋ったが、生徒が自殺をして、その記録がないはずはないと棟居に押されて、ようやく応じた。

丸橋の遺書を捜査会議に提出したときの本部の衝撃を、二人はおもった。

殺人事件の捜査本部が、その根拠を失ってしまう。

「当然のことながら、手紙の文言の矛盾を衝かれるでしょうな」

牛尾《モー》が言った。

「牛さんが発見した爪の破片と、手紙による告白の矛盾は覆《くつがえ》せないでしょう。丸橋は自分の死を殺しに偽装するために自らの首を絞めて、水平の溝を刻み、際どいところで、残る力を集めて自らを吊るしたのでしょう」

「そして山川ひとみを犯人に仕立て上げようとした。しかし、彼女にアリバイがあったら、偽装の目的を果たせませんが」

「山川ひとみの生活パターンをあらかじめ調べ上げ、アリバイがないときを狙って偽装殺人を実行したのではありませんか。仮に彼女にアリバイがあり、偽装を見破られても、藤中の証言は有効です。山川ひとみの隠された犯罪が公《おおやけ》にされるだけで、丸橋の目的は果たされます」

「丸橋幸夫の古い事件の目撃証言だけでは弱くありませんか」

「山川ひとみは当然、否認するでしょう。しかし、事件発生後、学校側がクラスを調査して、いじめの存在を確認し、岡本静子の死因が山川ひとみのいじめから発しているというクラスメートの証言を記録しています。丸橋幸夫の遺書が現れなければ、学校側はこの記録をずっと秘匿していたでしょうね。山川ひとみにはそれだけで、岡本殺しの現場を目撃したと手紙で自供している丸橋幸夫殺害の動機が生じます。丸橋は事前にひとみに現場を目撃したと告げているはずです。過去の犯罪が明らかにされるだけで、彼女と山川通商にとって致命的なダメージとなります。

丸橋にとってはそれで充分なはずです。丸橋は遺書の通り、限られた寿命を最も有効に使ったのです。初恋の女神を救えなかったことを生涯の債務として背負い、女神の生まれ変わりと兄のために悪魔を退治し、女神の復讐《ふくしゅう》を果たすために限られた命を使った。丸橋の死因が自・他殺いずれであろうと、彼は心に背負った債務を返済したのです。

もはや捜査本部は不要です。幻の犯人は遠い昔の犯罪によって社会から糾弾《きゅうだん》されるでしょう。正義の実現は我々の理念ですが、完璧に実現されるとは限りません。古い犯罪になればなるほど、犯人は時間の壁と少年法に護《まも》られて笑っています。丸橋幸夫の証言を生かすことは、その壁を乗り越えての阻まれた正義の実現であるとおもいます」

棟居は言った。

数日後、二流週刊誌の特集記事に、丸橋幸夫の遺書と岡本静子の自殺、およびいじめの首謀者が山川ひとみであるという当時のクラスメートの証言が発表された。公開された丸橋の遺書の内容を他のマスメディアが追跡して、強い破壊力を発揮した。丸橋幸夫殺人容疑で山川ひとみの事情聴取が行われた。それだけで充分なダメージであった。

山川通商は信用を失墜し、株価は急落した。

前後して、山川ひとみと丸橋一成の婚約解消、および一成の退社が伝えられた。実弟の遺書による告発で、大打撃を受けた会社に居すわってはいられない。

幸夫が計画した通りの成り行きであった。

捜査の鉾先《ほこさき》が山川ひとみに向け変えられて、捜査はまだ継続していたが、自殺説に傾いている。

「棟居《ムネ》さん、たまの休暇で、黴《かび》の生えた事件を拾ってきたもんだな」

と山路に揶揄《やゆ》されたが、

「賞味期限は切れていません（正義実現の……）」

とあとの言葉は相手に聞こえぬように、棟居はつぶやいた。

丸橋幸夫が藤中千尋を初恋の人の生まれ変わりと見たように、棟居自身も他人の面影の中に青春の幻影を見たのではあるまいかとおもった。

神風の怨敵《おんてき》

（のぞみ、なぜ来ない。せめて君の姿を一目見てから死にたい）

永井《ながい》俊一《しゅんいち》は滑走路に沿った見送り人の列の中に目を凝らして、山桐《やまぎり》のぞみの姿を探していた。

すでに準備線には特攻機がエンジンを始動して、いつでも発進できるように列線をつくっている。

一番機が滑走路に向かって地上滑走（移動）を始めた。

一番機が出発線に達し、エンジンを全力回転して滑走路を走り始めた。

「帽振れ」

の合図と共に戦闘指揮所に立った司令官以下、兵員はすべて帽子を振り、地元の見送り人は日の丸の旗を打ち振った。その列の中に、依然としてのぞみの姿は見えない。

ついに永井機の番がきた。整備員が両手を左右に開いた。「車輪留《チョク》めはずせ」の合図と共にエンジンを増速して、出発線に向かって地上滑走する。

出発線に達した永井は、再三、見送り人の列にのぞみを探したが、いない。すでに離陸した先発僚機は空中集合して編隊を組み、旋回しながら全機の離陸を待っている。

「のぞみ、さようなら」

姿の見えない恋人に向かって、最期の決別を告げた永井は、スロットルレバーを全開にした。整備兵が搭乗席に入れた満開の桜の枝の花びらが、閉め残した風防の隙間《すきま》から宙に舞っている。

山桐のぞみは飛行場に向かって必死に走っていた。間もなく最後の特攻機が出撃する。のぞみの恋人の永井俊一少尉も、その出撃に加わっている。

昨夜、のぞみの家が米軍艦載機の空爆に被災して、出撃の時間に際どくなった。焼け残った自転車に跨《また》がり、基地に向かって必死にペダルを漕《こ》いでいたのぞみを、砂《さ》塵《じん》を巻き上げながら追い越した軍用車があった。

軍用車はのぞみをいったん追い越してから、前方二十メートルほどに急停止した。軍用車の中から軍刀を吊《つ》った将校が、従兵に扉を開かせて下り立った。

のぞみは不吉な予感がした。将校の顔に記憶があった。彼は基地の参謀である岩木《いわき》勝也《かつや》中佐であった。

岩木中佐は陸軍士官学校出身のエリート軍人で、一般大学在学中に召集された学徒兵を軽蔑《けいべつ》していた。上官にはへつらい、部下には酷《きび》しい岩木中佐は、学徒兵から陰で「鬼岩」と称《よ》ばれて恐れられていた。

悪天候やエンジン不調で途中から引き返して来た特攻隊員を非国民、国賊扱いに罵《ののし》る。

海軍では、海軍兵学校出身のエリート将校を「本《ほん》ちゃん」と称んでいるが、陸軍の九州特攻基地に所属している岩木中佐は「天ちゃん」と学徒兵から称ばれていた。

これは岩木が特攻隊の出撃に際して、「祖国と天皇陛下の御為《おため》に進んで盾となれ。一機をもって一艦を沈めよ。一身を捨てて悠久の大義に生きよ」と、同じ台詞《せりふ》を繰り返したからである。

のぞみは岩木中佐には決して忘れられない屈辱を心身に刻みつけられていた。

のぞみは基地の近くの女学校三年生で、特攻出撃に集められた特攻隊員の世話をするために動員された女子奉仕隊であった。女学生は特攻隊員に憧《あこが》れており、彼らの身の回りの世話をすることを名誉と心得ていた。

特攻隊員と奉仕女学生たちは速やかに親しくなった。

隊員たちは出撃命令が下るまでは自由である。少年飛行兵や学徒兵は女学生と「同期の桜」や「誰《たれ》か故郷を想わざる」などを、折から春に向かう基地のはずれの野原や、蓮華《れんげ》や菜の花畑で合唱した。明日のない若者たちの束《つか》の間の青春であった。

隊員と女学生たちがおのずからカップルを形成するのは必至の成り行きである。

永井少尉と山桐のぞみは特に親しくなって、基地のはずれの蓮華畑で、時のたつのも忘れてよく語り合った。

そんなある日の一時《ひととき》を、運悪く岩木中佐に見咎《みとが》められた。

「きさま、この非常時に、女と叢《くさむら》で密会などしやがって、恥知らずめ。きさま、それでも帝国軍人か」

と怒鳴りつけられ、永井は前歯が揺らぐほど殴られた。

岩木が立ち去った後、のぞみに血だらけになった顔面を手当てされているとき、

「祖国のためには死ねるが、あいつらのためには絶対に死ねない」

と血の混じった涙をこぼしながら、永井は自らに誓った。

その忘れもしない岩木中佐が車から下りて来て、基地へ急いでいるのぞみの前に立ちはだかった。

「どこへ行くのだ」

岩木参謀が問うた。

「基地です。特攻隊の出撃の見送りに行きます」

と答えたのぞみに、

「永井少尉の見送りであれば、行く必要はない」

と言った。

「なぜ行けないのですか」

「おまえが見送ると、永井はまた未練を起こして引き返して来るかもしれない。そんなことを許せば、特攻隊員だけではなく、全軍の面汚《つら》しだ」

「俊一さんはそんな卑怯《ひきょう》な人ではありません。以前に引き返して来たのは、エンジンの調子が本当に悪くなったからです」

のぞみは必死に訴えた。

「ほう、あんた、永井少尉をずいぶん親しげに呼ぶじゃないか。あの日も叢で永井と乳繰り合っていたんだろう」

「永井さんを侮辱するようなことは言わないでください。私たち、そんな関係ではありません」

「信用できない。おまえのような女が不心得な奉仕をするから、特攻隊員が卑怯、未練になる。今後のこともある。あんたが潔白だと言い張るなら、その証明をしてもらおう。この女を医務室に連れて行け」

岩木は視姦《しかん》するようにのぞみを見て、従兵に顎《あご》をしゃくった。

のぞみは否応《いやおう》なく軍用車に押し込まれて、基地の医務室に連行された。

岩木は医務室の衛生下士官に、

「この女は特攻隊員と情を通じて、出撃途上から引き返させた疑いがある。身体検査をせよ」

と命じた。

最初、ためらった衛生下士官であるが、岩木参謀の命令に逆らえず、居合わせた衛生兵の好奇の視線が集中する中で、のぞみに衣服を脱ぐように命じた。

のぞみは抵抗する姿勢を失っていた。抵抗してもどうにもならないことがわかって

いる。参謀命とあって、やむを得ずのぞみの身体を調べた下士官は、

「処女のようであります」

と報告した。

「処女のはずがない。毎日のように特攻隊員と基地の叢で密会していたのだ。よし、おれが調べてやる。懐中電灯と箸《はし》を持って来い」

のぞみは医務室のベッドの上に衛生兵たちによって四肢を押さえられ、屈辱的な姿勢を強制された。岩木参謀に箸で、まだ愛する永井にも捧《ささ》げていない秘奥をかきまわされ、懐中電灯で覗《のぞ》き込まれた。両目尻から悔し涙が溢《あふ》れて、ベッドにしたたり落ちた。

そのとき滑走路の方角に万歳の声が湧き、特攻機が次々に舞い立つ気配がした。

のぞみは叢での最後の出会いのとき、永井少尉と交わした約束をおもいだしていた。

「明日の出撃が決まった。出撃すれば今度こそ生きては帰れない。君とこうして会えるのも今日が最後だ。この戦争は間もなく終わる。君は生き残って幸せをつかめ。生き残った者はこのような愚かな戦争を決して繰り返さぬ日本をつくるだろう。ぼく自身の子孫は残せなくなったが、君の子孫とぼくの一族の子孫が平和な世に出会えるか

もしれない。ぼくは、人間が戦争によって自由を奪われない新しい世のための捨て石になる」

そして、永井とのぞみは熱い唇を交わした。

（ごめんなさい。お見送りに行けなくて）

のぞみは屈辱と無念の涙を流しながら、南溟《なんめい》の空（南の果て）に飛び去って行く永井少尉の機影を想った。

吉岡《よしおか》は久しぶりにクラス会に出席した。現役中も、時折、高校時代のクラスメートからクラス会の通知を受け取っていたが、過去を振り返る余裕がなく、欠席をつづけていた。リタイアして、ようやく時間ができた。

現役中は休日があっても、いつも時間に追われていた。組織の楔《くさび》から解き放されて、これまでの自分の半生の来し方を振り返る心の余裕ができたのである。

余裕というよりは、残された余生を責任や使命感から解放されて、自由に生きたいとおもうようになった。

考えてみれば、現役時代はいつも自分以外のだれかや、なにかのために働いていた。組織や家族、仕事に伴う使命、それらのために働くことを自分の人生だとおもい込んでいた。

だが、自由の身となってから、余生こそ、その意志があれば自分のためだけに生きられる人生であることを悟った。

子供たちは独立し、妻は社会福祉事業のボランティアをしている。妻からボランティアに誘われるが、従《つ》いて行かない。ボランティアではあっても、義務と責任が生ずるからである。

義務と責任と使命の奴隷のようになって過ごした半生の後、ついに手に入れた自由は、いかなる束縛も受けたくない。

使命も責任もない。家族の扶養義務からも解放され、決して十分ではないが退職金や年金をうまく使えば、暮らしに困ることもない。

会社や組織に半生を捧げた者は、おおむねリタイアしてから海外旅行へ出かける。そして、その後は老人の趣味のグループに入るか、ボランティアをする。

現役時代の〝長《ちょう》〟の尻尾《しっぽ》を切り離せない者は、老人社会にうまくスライドできず、引きこもりがちになる。

　吉岡はそのいずれでもなく、その日はその日の風の吹くままに任せて過ごした。べつに予定も立てない。海外へも出かけず、茶飲み仲間も特につくらず、図書館へも行かず、ボランティアもしない。その日のことは朝起きてから決める。そんなライフスタイルが気に入っていた。

　朝、寝床の中で目覚めて、まだ眠気の多少残る意識で起きようか、起きまいか迷う。これが現役中であれば、そんな逡巡《しゅんじゅん》は許されない。前日の疲労が除《と》れていないしぶい目を無理にこじ開けて、朝食もそこそこに飛び出さなければならない。それでも自宅で朝を迎えられる日は幸せであった。

　現役時代、警視庁捜査一課の鬼刑事として鳴らした吉岡は、事件が発生すれば何日も所轄署に設置された捜査本部に泊まり込む。

　たまの休日も事件が発生すれば、血に塗《まみ》れた現場に引っぱりだされる。社会の悪を追及するという使命感がなければ、とても務まらない過酷で危険な職業であった。

　その使命から解放されたいま、朝、寝床の中で目覚めて、起きようか、起きまいか迷う束《つか》の間、今日も一日、自分のためにあるとおもうとき、無上の幸福をおぼえる。

おもえばこんな時間を得るために使命の走狗《そうく》となって、人生の最も実り多い時期を費やしたのかもしれない。

何時に起きようと起きまいと、その日、なにをしようとしまいと、まったくの自由に包まれている時期、高校クラス会の案内状が配達された。

いつも前ばかり見て突っ走ってきた吉岡は、通り過ぎてきた高校に久しぶりに郷愁をおぼえた。

おもえば社会に出る前、人生の全方向に行ける可能性を持っていたころは、そのときなりの不安や問題はあったが、要するに、自分のことだけを考えていればよい能天気な時代であった。

あるときは若く、青い不安で押しつぶされそうになったが、社会に出てみると、当時の自分本位の不安がいかに能天気であったかがわかる。そして、自分を含めてクラスメートは若さに輝いていた。

吉岡は浮かれ立って、都心の会館で開かれるクラス会の会場に向かった。

案内状によると、出席予定者は三十余名、全クラスメートは四十五名、四十数年隔てて七割強の出席率は大したものである。

クラス会は卒業後、日が浅い間はわりあい頻繁に開かれるが、社会の第一線に出て多忙になると、しばらく疎遠になり、初老の声を聞いてから復活する。そして定年に達したあたりから盛り返して、高齢化するに従い間遠になっていく。

会場には懐かしい顔ぶれが集まっていた。型のごとく幹事の音頭で乾杯をし、自己紹介が始まる。

吉岡は卒業後初めての出席であるので、なかなか名前と顔が一致しない。名乗られて、年輪を重ねた顔が高校時代の童顔と初めて重なり合う。四十余年の歳月は、かつて同じ学び舎《や》で学んだ友の顔も、姿形も変えていた。

卒業後、社会の八方に別れたクラスメートは、それぞれ異なる人生を歩んだ後、再会して、改めて相互に開いた距離の大きさに驚く。

当時、詰め襟の学生服とセーラー服をまとった青春前期の若者たちは、すでに孫のある年代に達し、ほとんどが現役を離れて第二の人生に入っている。

クラス会に出席する者は、おおむね成功者や、大過なく人生を過ごしてきている者たちである。破産、病気、犯罪、家庭不和、困窮など、過去を懐かしむ余裕などなく、クラスメートに合わせる顔を持たない者は欠席する。

自己紹介の後、近況報告を聞いていると、それぞれの人生が立ち上がり、能天気な少年・少女が校門を去ってから舐《な》めた社会の辛酸が迫ってくる。

高校時代、特に親しかった永井和彦《かずひこ》の報告が吉岡の胸に迫った。

「私は近年、息子を失いました。二十九歳でした。まだ独身でしたが、二十五歳の女性と心中したのです。相思相愛で、将来を誓い合っていたようですが、突然、理由も明かさず心中してしまったのです。両家共に二人の結婚に反対したわけでもなく、反対もなにも、二人が愛し合っていることも知らぬ間に、秩父《ちちぶ》の山林から死体で発見されました。警察の調べで、致死量の睡眠薬を飲んでの自殺と判定されました。とてもクラス会に出るような気持ちではありませんでしたが、妻や他の子供たちから勧められて出席しました。皆さんの元気な顔を見て、出席してよかったとおもいます」

と永井は語った。

高校時代は明るく、この世になんの不安も心配もないような楽天的な性格であったのが、げっそりと憔悴《しょうすい》して、いまだに息子の喪失から立ち直れていないように見えた。

将来を誓い合った後、息子に末期の肺がんが発見されたという。ほぼ同時期に、彼の恋人もⅢ期以上の乳癌《にゅうがん》が宣告されたそうである。愛し合う二人は闘病をやめ、心中を選んだ。

近況報告が終わって、各自、自由な歓談の時間になったとき、永井が吉岡のそばに来て、

「おまえが刑事になって活躍している話はよく聞いていたよ。警視総監賞を何度ももらったそうじゃないか。大したものだよ」

と称讃した。

「それほどのものではない。もうおれのような古いタイプの刑事は、今日の組織的な科学捜査には求められない。ちょうど潮時に肩を叩かれたよ」

と吉岡は苦笑した。

「組織と科学か。犯人も組織的、科学的になったのかな」

「犯人も、日本全国はおろか、世界を股《また》にかけている。昔気質《かたぎ》の刑事が靴を履き潰《つぶ》して、自分の足で追いかけていたのでは追いつかなくなった」

「鬼刑事のあんたも、犯人を逃がしたことがあるのかい」

永井の憔悴した表情に好奇心が湧いているようである。

高校時代から本が好きだった永井は、作家になった。取材力に定評のある社会派の永井作品は、吉岡も読んでいる。

卒業後、疎遠にはなったが、永井が作家としてデビューして以来、彼の著作にはたいてい目を通していた。

クラス会に出席した目的の一つも、久しぶりに永井に会うためである。

「実は、今日のクラス会に出て来たのは、あんたに会うためだった。幹事から、あんたが出席すると聞いて、重い尻を上げて来たんだよ」

しばらく雑談を交わした後、永井が言った。

「高名な作家・永井先生からそんなことを言われると光栄だな」

「水臭いことを言うな。現役中は遠慮していたが、あんたが手がけた事件を取材して、小説を書きたいとおもっている」

永井が作家の顔になった。

「おれが手がけた事件など単純で、小説にはなるまい」

「鬼刑事の手にかかれば、犯人はもう逃げられないだろう」

「そんなことはないさ。迷宮《おみや》入りの事件もいくつかあった。最も心残りなのは、最後に手がけた事件が、犯人不明のままリタイアしたことだよ。いまだに夢の中で犯人の笑い声が聞こえるような気がする」

吉岡は時間切れでリタイアした事件をおもいだした。それが吉岡の人生の債務のようになっている。

永井は吉岡の話を聞いているうちに、作家魂を覚まされたらしい。憔悴した面《おもて》に生気を取り戻していた。吉岡はさすがは、と感嘆した。

息子を失った痛手から友を立ち直らせるためにも、取材に協力しようかとおもった。

吉岡の余生の債務となった未解決の事件は、当時、九十一歳の老人殺害事件である。元軍人であったという被害者は、老後の楽しみにしている碁会所《ごかいしょ》からの帰途、後頭部を鈍器で殴打され、頭蓋骨《ずがいこつ》陥没骨折による脳損傷で死んでいた。

犯人は被害者のライフパターンを調べ、帰り道に待ち伏せして襲った模様である。

吉岡は捜査本部に参加して、鑑《かん》の捜査（被害者の人間関係）を担当した。

被害者が九十代の老人というのは珍しい。九十代に入れば、殺人の動機となるような血腥《ちなまぐさ》い人間関係はたいてい枯れている。痴情・怨恨《えんこん》を含む異性関係も珍しい。

被害者の岩木勝也は陸軍士官学校出身の元エリート軍人であり、終戦時、特攻作戦を指揮した参謀中佐であった。

敗戦後、軍歴を買われて大手商社に迎えられ、本社機構の専務取締役まで昇進して引退した。

以後、軍事評論家として講演活動やマスコミによく顔を出していたが、八十代後半からほぼ引退し、世田谷区内のマンションに独居して、悠々自適の余生を過ごしていた。

最近は碁にはまって、碁会所に通うのを楽しみにしていた。行きつけの碁会所からの帰途、襲われたのである。

軍時代の人脈はほとんど故人となっていて、生前のわずかな人間関係も、碁会所や俳句結社の仲間たちで、怨《うら》みを買うような土壌はまったくない。懐中には三万円弱の財布が残されていて、金品目的の犯行でもないようである。

通り魔の犯行が疑われたが、目撃者はなく、またその界隈《かいわい》で類似の犯行は発生していない。

捜査本部の必死の捜査にもかかわらず、犯人に結びつくような手がかりや情報は得られぬまま、捜査は暗礁に乗り上げた。

吉岡は被害者の軍時代の人間関係の捜査を主張したが、当時の人脈はほとんどすべて故人となっており、また生きている者がいるとしても、追跡不能として受け入れられなかった。

これだけ被害者の過去の人脈をさかのぼっても容疑者が浮かばないのは、調べ残している軍歴があるにちがいないとおもった。九十年余の人生は、はるかな過去に犯罪の根があるかもしれない。

その間に吉岡の定年日がきて、無念を胸に刻んで退職した。

クラス会は盛会裡《り》にお開きとなった。幹事が立って閉会の言葉として、

「この度は二十余年ぶりのクラス会に、昔のクラスメートが多数お集まりくださって、幹事としてとても嬉しくおもいます。このクラス会を契機にして、今後は二年おきに開催したいとおもいますが、皆さまのお考えはいかがですか」

と提案した。出席者は盛大な拍手をもって応えた。クラスメートは全員、還暦を迎えてリタイアした者が多く、閑《ひま》ができている。

「一年ごとでもいいぞ」

という声も聞こえた。

久しぶりに高校時代にタイムスリップしたような若やいだ気分になって、幹事からのクラス会定期開催提案は、今日のクラス会の興奮もあって圧倒的多数に賛成された。

みな六十路《むそじ》に入っても、かつてのクラスメートが集まるとそんな気が全然しなくなる。

定年によって突然、それもほとんど強制的に自分の人生を束縛していた鎖から解かれる。そして、これからはなにをしてもよい、なにをしなくてもよいという広大な海のように広がる自由の前に立たされる。

これまで会社や、組織や、仕事から生ずる使命や責任や、家族の扶養義務にがんじがらめにされていた身分が、突然の自由の前で立ちすくんで、途方に暮れている。

現役時代は自分以外の者に束縛されていたが、考えてみれば、会社や組織による束縛は過保護でもあった。要するに、彼らのポリシーに忠誠を誓っていれば、厚い庇護《ひご》があたえられる。リタイア後のようになにをなすべきか、迷うこともない。

すべきこと、してはならないことが、手取り足取りするようにして命令される。そんな過保護の他力本願的ライフスタイルに慣れた身にとって、自由は野性を失った動物がいきなり荒野に押し出されたような気がする。

荒野の自由とは、自らの命を支える獲物は自分で狩り獲《と》らなければならない狩人《かりうど》となることである。

退職金や年金で当座の暮らしには困らないが、自分の巣《マイホーム》の中にすでに居場所がなくなっている。毎日が大型連休である余生をいかに過ごすべきかの指示は、もはやどこからもこない。

そんな不安に満ちた自由の前で、定期的なクラス会への誘いは、過去へ逃避できる救いの一種でもあった。

現役時代、楽しみにしていた自由なるべき余生をいざ手にしてみると、意外に過酷な時間であることがわかった。

現役時代は仕事をしている間に、時間は自動的に動いた。だが、朝起きて行かなければならない場所はなく、しなければならないこともなく、今日一日、いかに過ごすべきかとおもい惑う。時間は凍結したように動かなくなる。

リタイア後、海外旅行をしたり、現役中、したいとおもっていた趣味を追求したりしても、すぐに飽きてしまう。そして、死ぬ日まで、自らの力で時間を押していかなければならない。

自由の身になって、自由がこんなにも重いものであることを初めて知る。

だが、すでに余生は押し出された心太《ところてん》のようなもので、元へ戻ることはできない。自力本願の自由の大海の中で、どこまで泳いで行けるか。自信がなく、水辺でうろうろしている間に引きこもってしまう。

錯覚ではあっても、還暦後初のクラス会は、自由の荒野から甘い郷愁の世界へのタイムスリップであった。そして、自由であるからこそ、大昔の郷愁にタイムスリップできるのである。

クラス会の後、吉岡は、息子が心中したという永井和彦の話が、次第に意識の中で容積を増してきた。

以前、永井和彦の父親は特攻隊員で、終戦直前、最後の特攻に出撃し、エンジンの不調により沖縄手前のトカラ諸島の一つに不時着して、九死に一生を得たと聞いたことがある。

吉岡の人生の債務となっている未解決のままリタイアした最後の事件の被害者は、元エリート軍人で、終戦時、九州南方の特攻基地の参謀であった。

和彦の父親と被害者は同じ特攻基地に所属していたのではないかという想像が、吉岡の意識に走った。

九州南部には知覧《ちらん》、鹿屋《かのや》、宮崎、出水《いずみ》、都城《みやこのじょう》、指宿《いぶすき》などに陸・海軍の特攻基地があった。

吉岡は意識に定着した気がかりを確かめるために、再度、永井に会って、彼の父親について詳しく聞いた。

「親父は終戦直前に九州南端の知覧から出撃した。東京のA大学文学部に在学中、学徒動員で陸軍の航空兵となり、特攻基地に送り込まれて生き残ったことを、死んだ戦友たちに申し訳ないとおもっていたようだよ。敗戦記念日がめぐりくる都度、おれは死に損ないだと言っていた」

「しかし、ご尊父は特攻を志願したわけではないんだろう」

「リベラルな大学生から、突然、学徒動員されて、歩兵よりは飛行機のほうがいいだろうといって航空兵を志願したのが、いつの間にか特攻隊に編入されていたそうだよ。

志願者は一歩前にと言われて、自分だけ出ないわけにはいかない雰囲気だったと言っていた。親父は祖国のために死ぬことはできるが、あんなやつらのためには絶対に死ねないとおもった、と言っていたよ」

「あんなやつらのためにとは……」

「つまり、軍の上官だ。親父は相当ひどい目に遭ったらしい。当時、特攻隊員のための奉仕に来ていた基地の近くの女学生と仲良くなって、二人で話している場面を上官に見つかって、前歯がぐらぐらするほど殴られたと言っていた。その上官は戦果があってもなくても、特攻隊員は出撃したからには帰るなと言っていたそうだよ。要するに、彼らは特攻隊員に犬死にをしろと強制したということだ」

「軍の上官とは、もしかして岩木中佐という基地の参謀じゃなかったか」

「あんた、どうして知っているんだ」

永井が驚いた表情をした。吉岡は未解決のまま引退した事件の被害者についての推測を永井に告げて、さらに詳しく事情を聴いた。

「父上は犬死にをせず首尾よく生き残ったのだから、肩身の狭いおもいをすることはなかったんじゃないのか」

「死んだ戦友に対して、自分だけ生き残ったことを肩身狭くおもっていたようだよ」

「特攻基地で親しくなったという女学生は、君の母上ではないのか」

「いや、ちがう。敗戦後、その女学生とは会えなかったようだ。出撃のとき、必ず見送ると約束していたのが、彼女は現れず、親父は心を残しながら飛び立ったと言っていた。生き永らえて、後日、彼女の行方を探したそうだが、なんでも出撃前夜、空襲を受けて、彼女の生家は被災して、行方不明になったと言っていたよ」

「その女学生の名前はわかっているのかい」

「山桐のぞみ。基地の近くの女学生だったそうだ」

吉岡は永井の話を聞いている間に、胸が痛くなるような気がした。

平和な時代であれば、青春ど真ん中のリベラルな学生時代に、突然召集され、特攻隊という死刑台に追い上げられてしまった若者のおもいは、どんなであったであろう。

出撃までのわずかな間に知り合った女学生とのほのかな想い出を胸にしまって、生還率ゼロの死の海に片道燃料だけあたえられて追い出された。よくぞ、生き延びたと、すでに故人となった永井の父親を称《たた》えてやりたい。

「親父が死んだときも辛《つら》かったが、息子に先立たれたときはまいったね。親が先に逝くのは、まあ、順番でしょうがないようなところもあるが、子が親よりも先に死ぬことは、最大の親不孝だよ」

永井は言った。

「よほどおもいつめたんだろうね」

吉岡は永井の息子が心中したことをおもいだした。

「帰らぬ繰り言だが、せめて総力を挙げて病気と闘ってほしかったね。愛し合う二人が難しい病につかまって、同情し合ったんだ。あの世で結ばれて、幸せになっているとおもうほかにないよ。先方のご両親は、これもご先祖様のご縁かとおもいますと言って、永井家の墓所に彼女の骨壺《こつつぼ》を納めることを承諾してくれたんだよ。まあ、死後の婚姻だね」

「それはよかった。仏様もあの世で感謝しているだろう」

吉岡は心中相手の名前を聞いて、永井の家を辞去した。

吉岡が最後に手がけた事件の被害者と、永井の父親が同じ特攻基地に所属していたことに、吉岡は因縁をおぼえていた。

吉岡の詮索《せんさく》もこれまでとおもわれた。詮索したところで、捜査権を失った引退刑事がどうなるものでもない。

　永井から聞いた彼の父親と岩木中佐の因縁は、吉岡の意識の中でさらに膨張していた。

　岩木中佐は軍人時代、かなり部下に対して酷しくあたっていたらしい。永井の話によると、部下を短期間に一人前の操縦者に鍛えるためだけではなく、私的制裁も多かったようである。出撃後、エンジン不調で何度も帰還して来た永井少尉は、岩木中佐から特に苛酷《かこく》な制裁を受けた模様である。

　軍時代の怨みが殺人の動機を育《はぐく》んだかもしれないが、岩木が殺害されたのは九十一歳、すでに戦後五十余年経過していた。そんな長年月、怨みをたくわえているであろうか。

　もし怨みを忘れていなかったとしても、犯人自身がかなり高齢化しているであろう。あるいはその怨みを引き継いだ遺族が制裁を加えたとしても、年月がかかりすぎている。遺族が怨みを相続したと仮定すれば、永井も容疑者の一人に含まれる。

　そこまで思案を追った吉岡は、永井がなにげなく漏らした言葉が気になった。永井の息子の心中相手の親に、二人を同じ墓所に葬りたいと提案したとき、「これもご先祖様のご縁かとおもいます」と言ったという。

若いカップルの心中が先祖の縁とはどういうことであろうか。いったん気にし始めると、速やかに膨張して、吉岡の意識を圧迫した。

その圧迫に耐えきれなくなった吉岡は、永井から聞いた息子の心中相手の親を訪ねることにした。

相手の両親の家は世田谷《せたがや》区の隅、多摩川に近い住宅街の中にあった。すでに両親も六十代に達しており、娘の心中死による衝撃からまだ回復していないようであった。

心中相手の女性は沖田弘美《おきたひろみ》。父親は達夫《たつお》、母親は邦子《くにこ》。

夫は教員、妻は老人家庭奉仕員《ホームヘルパー》である。在宅確率の高い時間帯を狙って、沖田家を訪問した。まだ細君の邦子は老人家庭に派遣されて服務中であり、不在であった。在宅していた父親が快く吉岡を迎えてくれた。

永井からあらかじめ紹介されていたが、改めて彼の高校時代のクラスメートであったことを告げて、心中した沖田弘美の悔やみの言葉を述べた吉岡は、同一墓所への埋葬の際漏らしたという「先祖の縁」についてさりげなく問うた。

「家内が漏らした通り、ご先祖の縁だったとおもいます。実は、私も家内から聞くまでは知らなかったのですが、家内の母親、つまり弘美の祖母は、戦時中、九州の知覧高女の三年生で、特攻隊員の奉仕をしていたそうです。そのとき親しくなったのが、弘美が心中した永井雅和《まさかず》さんの祖父で、戦争が終わったら結婚しようと誓い合ったそうです。

ところが、二人が基地で会っている場面を上官に見られて、苛烈《かれつ》な私的制裁を受けたと聞きました。そのときから上官は弘美の祖母をマークするようになり、雅和君の祖父が出撃するとき、見送りに行こうとした祖母を捕らえて、屈辱的な身体検査をしたと聞いています。祖母は上官に阻まれて不帰の出撃をする雅和君の祖父を見送れなかったことを、生涯、無念におもっていたそうです。その無念を背負ったまま、祖母は数年前に亡くなりました」

沖田達夫が語り始めた。

「その上官の名前は、もしかして岩木勝也中佐ではありませんか。当時、知覧基地の参謀であった……」

「どうしてご存じなのですか」

沖田は永井と同じように驚いたような表情を見せた。

「岩木参謀が特攻隊員に対して冷酷であったということは、かねてから聞いております。終戦前、弘美さんの祖母堂が知覧高女の女学生で、特攻隊員の奉仕をされていたと聞いたときから、岩木中佐ではないかとおもいました」

「実は、私たち夫婦も岩木参謀については、時の経過と共に忘れるともなく忘れていましたが、あることがあっておもいだしたのです」

「あることとおっしゃいますと……」

「ちょっとお待ちください」

と言って、別間に入った沖田は、一枚の新聞のスクラップを持って来た。

「何年か前にこんな記事が新聞に載ったのです」

沖田が差し出したスクラップには、かつての帝国軍人は今日の日本をどのように見ているかという主題で、元陸軍参謀の岩木勝也が次のような意見を述べている記事が載っていた。

「日本は核兵器を持つべきである。核兵器を持たぬ国には、真の独立はあり得ないと断言してもよい。外交交渉一つにしても、核保有国と非保有国の差は歴然としている。

日本が近隣諸国から日本固有の領土を奪われ、領海、領空を脅《おびや》かされ、排他的経済水域を侵犯されても、物言い一つできないところを見ても、いかに我が国が脆弱《ぜいじゃく》であるかがわかる。

すでに歴代政府によるアメリカとの密約により、非核三原則が崩れたいま、核兵器の保有にためらう必要はない。

かつての秋霜烈日《しゅうそうれつじつ》たる精神と姿勢を、今日の日本人は完全に失ってしまった。大東亜戦争は、西洋人に奪われた東洋人の領域を取り戻すための戦争であった。西洋人に虫食いだらけにされた東洋を、御稜威《みいつ》（天皇の威光）の下、東洋に取り戻すために始めた日本の戦争を、アジア諸国は諸手《もろて》を挙げて歓迎したのである。日本は西洋との戦争に敗れたのではない。本来の日本人の魂を失ってしまったために、敗戦の屈辱を舐めたのである。

大東亜戦争の盟主となった日本に、東洋諸国は全面的に協力した。日本のポツダム宣言受諾によって、この戦争には敗れたが、東洋の平和と欧米の圧力からの解放に大きく貢献したことは疑いのない事実である。

いまこそ日本人はかつての屈辱をおもい起こし、大和《やまと》民族としての精神と姿勢を取り戻し、日本の科学の粋を集めれば、核兵器の製造は可能である。核兵器の保有なくしては、民族の真の独立と、大国としての矜持《きょうじ》（誇り）と存続はあり得ない。

日本はすでに敗戦国ではない。経済大国として世界の大国と肩を並べたからには、核兵器を保有し、かつての大日本帝国の勢威を取り戻して、世界の列強の仲間入りをすべきである。

軍事力のない独立と平和は幻想にすぎない。国家の存続、発展と、文化の発達は必ず戦争を起動力としている。学問や、芸術や、その他一切の文化的産物も、軍事力の庇護なくしては生まれず、維持できない。どんなに素晴らしい文化を持っていても、他国に侵犯されれば、これを奪われ、あるいは破壊される。戦争は国家の意志を他国に強制することであり、また他国の強制力を防衛し、撃退することである。

国家の浮沈、その存続は、ひとえに軍事力にかかるゆえんである。したがって、国家の総力を挙げて軍事力を絶えず強化しなければならない。軍事力なき国家は、常に強国の前に膝《ひざ》を屈していなければならない。

軍事力こそ、国家が総力を挙げて取り組むべき文化であり、兵器の開発に止《とど》まらず、これを支えるべきハイテク技術やサイバー関連、兵員の食糧、医療、医薬品、運輸手段、通信、宣伝、記録など、国民生活に関わるすべての文化、技術を伴う。すなわち戦争こそ、すべての文化の母体なのである。

現に、隣国の朝鮮戦争によって、我が国は敗戦のダメージから立ち直り、未曾有《みぞう》の経済成長を遂げたのである。戦争の恩恵がもたらした経済力である。

核兵器は実際には使用されない。だが、それを保有することによる恫喝《どうかつ》力が国家の威厳を保ち、世界平和のバランスを支えるのである。

かつての大日本帝国の威厳を取り戻すためには、たとえ使えぬ最終兵器として封印をしても、核兵器の保有が必須条件である。我が国が核兵器を保有していれば、おもらい国家・北朝鮮などに怯《おび》えることはない。

旧帝国陸軍の軍人として、我が祖国の行く末をおもい、ここに戦争体験者として苦言を呈する」

以上の要旨であった。

日本全土が荒廃し、広島、長崎を含めて三百万を超える軍・民の犠牲者を出した戦争を主導した軍人としての反省は微塵《みじん》もない。

日本で核兵器の保有を主張するのは、ドイツでアウシュヴィッツのホロコーストを擁護するようなものであるが、日本の全国紙に旧軍人が、戦争は文化の母体と堂々と論陣を張ることに、平和が風化しつつある時間の経過を吉岡はおぼえた。

「この新聞の記事は家内がスクラップしたものです。家内はこの記事を読んで、涙を流していました。こんな軍人に命令されて、前途有為の若者たちが二度と帰れぬ特攻に出撃して行ったのです。

この筆者は、祖母が恋人の最後の出撃を見送ろうとしたのを阻んだ人です。この人たちが、おまえたちだけを死なせはしない、我々も後から行く、と特攻隊員たちを、宙に浮かんでいるのがやっとのおんぼろ飛行機に二百五十キロの爆弾をつけさせて、沖縄に追い立てたのです。エンジン不調などで途上引き返して来た者は国賊呼ばわりをされ、監禁された人もいます。

そして、自分たちは戦後、のうのうと生き残り、戦争からなにも学ばず、自分たちの行為を正当化するような勝手な熱を吐いています。

義母《はは》は言っていました、こんなやつらに天寿を全うさせたくないと。義母は岩木中佐に永井少尉と無理やりに引き裂かれたとおもっていました。戦後、義父と結婚して家内を産みましたが、生涯、永井少尉を忘れられないようでした。もし忘れていれば、岩木中佐に対する怨みを口にしなかったはずだ、と家内は私に言ってましたよ。私も家内から義母と岩木中佐の関わりを聞いている間に、無性に腹が立ってきたのをおぼえています。この記事を読んだときの家内の心中はさぞやとおもいました」

沖田家を辞去した後、吉岡はネットからその記事をプリントアウトして再読した。大日本帝国の妄想が、九十歳を超えた元帝国軍人の胸の裡《うち》にまだ生きていたことに、改めて驚きをおぼえた。

何度かスクラップ記事を読み返していた吉岡の視線が、ふとその新聞の発行日付に固定した。岩木元中佐は、その日付の四日後に殺害されたのである。

碁会所からの帰途、後頭部を棍棒《こんぼう》のような凶器で殴られ、頭蓋骨が陥没した。女性でも可能な犯行であった。

岩木が殺害された数ヵ月前に、永井雅和と沖田弘美は心中したのである。

吉岡はそのことの意味を考えた。娘の心中死の衝撃から冷めやらぬ間に、追い打ちをかけるように岩木の書いた記事が新聞に掲載された。

岩木に恋人の最後の出撃見送りを阻まれ、侮辱された山桐のぞみは、生涯、岩木に対する怨みを捨てず、彼に天寿を全うさせてはならないと言いつづけていたという。のぞみの娘・邦子は、その母の怨みの言葉を聞きつづけていた。それが殺人の動機を育んだ。

新聞記事から岩木の消息を知った邦子が、母に代わって怨みを晴らしたと考えてもおかしくない。

岩木は戦後、軍事評論家としてかなり活躍していた時期もあったので、その所在を探るのはさして難しくなかったであろう。

ここまで思案を進めた吉岡は、最後の特攻前の逢瀬《おうせ》を阻まれたカップルの孫が奇《く》しくも出会い、愛し合い、そして死を共にした因縁におもい当たって、粛然となった。カップルは祖父、祖母の縁を知っていたのであろうか。

どちらともいえないが、戦争に引き裂かれた祖父母の悲恋を、後世代の子孫が達成したことは事実である。

引き裂かれた恋人たちの怨みを晴らしたのが、カップルの一方の女性の娘であったとしても、もはや吉岡には捜査権はない。あったとしても、確たる証拠はない。すべて吉岡の憶測である。

だが、彼は多年、背負ってきた人生の債務を下ろしたような気がした。

現役時代に容疑者が浮上していれば、沖田邦子はその最前列に並んだはずである。

吉岡は、いま現役でなくてよかったとおもった。母の積年の怨みを相続した沖田邦子を逮捕するのは、心情的に辛い。彼女もある意味では戦争の被害者である。もし母親が愛した永井少尉と結ばれていれば、その孫娘にあたる沖田弘美は永井少尉の孫・雅和と心中しなかった。二人は兄・妹になっていたかもしれない。

二人の心中に、岩木元参謀の書いた記事が拍車をかけて、殺人の動機となったのかもしれない。

戦争の被害者は沖田邦子や弘美や永井雅和だけではない。岩木元参謀も被害者の一人である。彼も戦争によって時代錯誤の偏執狂になった。彼が戦争から学んでいれば、殺されずにすんだ。

元帝国陸軍軍人としての尾を、戦後数十年、死ぬまで断ち切れなかったことが、彼の天寿を妨げた。

吉岡の推測ではあっても、岩木元参謀が書き残した記事は、過去から何事も学ばぬ軍人そのものの遺言であるような気がした。

そのとき、吉岡はドイツ連邦共和国第六代大統領・ヴァイツゼッカーの「過去に目を閉ざす者は現在にも盲目になる」という言葉をおもいだした。

岩木元参謀は過去に目を閉ざしたために、命を絶たれたのであろう。

そして、犯人も戦争から派生した犯罪を生涯背負って生きなければならない。

戦争は人命を殺傷し、国土を荒廃させるだけではなく、戦後長きにわたって後遺症の尾を引く。岩木も戦争の後遺症によって死んだのである。

その年の暮れ、吉岡は沖田達夫から喪中欠礼の報《しらせ》を受け取った。

その文言によると、細君の邦子が先月、蜘蛛膜下《くもまくか》出血によって急逝したということである。

吉岡は遺族の悲しみを凝縮した短い文言から、邦子も母から引き継いだ戦争後遺症の重圧に押されて死んだとおもった。

ただ一人の幻影

東北大震災の留《とど》まるところを知らないダメージの拡大に、桐原晋也《きりはらしんや》は心を痛めていた。

特に岩手県、宮城県の太平洋沿岸の被害が大きい。陸と海が複雑に入り組んだ、日本のリアス式海岸と称《よ》ばれる三陸沿岸は、市町村そのものが空前の大津波に呑み込まれて消滅してしまった。

多数の住人が津波にさらわれて生死不明となっている。その数はうなぎ登りに増えている。被害を記録すべき自治体そのものが潰滅《かいめつ》しているので、犠牲者や被災者の数すらつかめない。際どいところで高台に逃れた生存者の数も確認されていない。

地震発生時、マグニチュード国内最大八・八と観測したが、その後、九・〇に修正された。

現地の惨状をテレビ、新聞、ラジオ、各マスコミ機関は総力を挙げて伝えてくる。

地震発生二日後、すでに死者は万単位と予測された。

大震災のダメージを受けた福島原発から、放射性物質の漏出の脅威が追い打ちをかけた。
ている。
　最も甚大《じんだい》なダメージを受けた三陸地方には、桐原の忘れがたい想い出が刻み込まれ
た。
　学生時代、最後の暑中休暇を利用して、宮古から釜石《かまいし》を経て気仙沼《けせんぬま》まで一人旅をし
　この間、天候に恵まれ、三陸沿岸は黒潮がにおう青い海、白い浜辺、太平洋の海《かい》
蝕《しょく》が造形した断崖《だんがい》や奇岩、洞窟《どうくつ》、洞門、岩礁、海猫、そして海に面する幻想的な集
落や、季節毎に街を彩る薔薇《ばら》やハマナスや百合《ゆり》、心温かい住人たちが総出で歓迎して
くれた。まさに青春の宝石のような、心に深く刻まれた旅であった。
　彼はその旅の途上、一人の女性と知り合った。
　初めて見る日本離れしたエキゾチックな、そしてダイナミックな三陸の風光に魅せ
られ、つい予定よりも長く滞在して、旅費が乏しくなっていた。はっと気がついたと
きは、帰路の交通費が不足していた。
　そんなとき立ち寄った町役場所属の観光案内所にいた彼女が、自宅に泊まるように

と言ってくれたのである。

彼女は福原《ふくはら》みすずと名乗った。汚濁から切り離されたような美しい風光の中に生まれ育って、人間の善意のみを吸い集めて開いた花のように明るく、出会う人々の心を豊かにした。

鄙《ひな》にも稀《まれ》なという形容があるが、みすずは鄙であればこそ開いた名花のようであった。

その福原みすずの好意に甘えて、四日間、彼女の家に泊まった。その間に土・日がはさまり、みすずは近辺の名所や史跡を案内してくれた。

みすずと共に、海と山が構成した絶景の中を、濃い蜜《みつ》のような時間を共有している間に、相互に慕情が芽生えていた。

だが、どんなに楽しくとも、ここに腰を下ろすわけにはいかない。桐原はしょせん通過して行く旅行者にすぎなかった。

その土地が気に入ろうと、みすずと強く感じ合うものがあろうと、流れ行く者は、その土地や人間に同化できない。同化してはならないのである。

彼には帰り行くべき土地があり、みすずとは別の未来があった。

出発の日、みすずは駅まで送ってくれた。

「またいらして」

彼女は固く握り合った手をいつまでも離そうとしなかった。つぶらな目に涙をたたえて、懸命に別離の悲しみをこらえている。

「必ずまた来ます」

と約束しながら、桐原は、これが永遠の別れになるような予感がしていた。

いまここで彼女の手を引いて唇を交わしたなら、帰れなくなる。

どんなに彼女を愛したとしても、四日間の恋である。四日の恋のために、無限の可能性を秘めた未来を、この地に埋めるつもりはない。

固く手を握り合い、おもわず引き寄せようとした衝動を怺《こら》えたとき、花の香りが漂った。薔薇《ばら》の香りである。だが周囲に薔薇の花は見えない。

駅員が発車の合図をした。桐原はみすずと固く握り合った手を捥《も》ぎ取るように離して、車中の人となった。

窓越しにみすずがなにかを手渡した。二人が浜辺を散策したとき拾った小貝の貝殻であった。

みすずの目にたたえられた涙が頬《ほお》を伝い、ホームに落ちた。動きだした電車はみるみる二人の距離を開いた。

桐原は窓際から手を振った。手を振り返しているみすずの姿が後方に小さくなっていった。別離の悲しみが凝縮されていくようであった。

帰京しても、みすずの面影が瞼《まぶた》に刻まれて離れない。むしろ、時間が経過するほどに、彼女の面影は濃くなるようであった。

彼女と共に過ごした四泊五日は、その後の彼の人生の宝石となった。

その間、愛を告げたわけではない。

自宅を提供してくれたのは、その地域の人の温かさであり、彼一人を特別に待遇したわけではないかもしれない。

もしみすずにとって桐原も一過性の旅人の一人であったとすれば、別れ際に見せた涙は、なにを意味したのか。その涙も地域の心温まるもてなしの一つであったのであろうか。

桐原は悩んだが、確かめなかった。

恋を探して旅に出たわけではない。そんな確認をすれば、せっかくの親切なオファーを壊してしまうかもしれない。

桐原は心を後に残して帰京したが、旅中、最も大切なものを失ったような気がしてならなかった。

旅の後、しばらく文通がつづいた。ただ一歩踏み込むだけで、相手の心が確かめられるかもしれないのに、桐原はあえて踏み込まなかった。踏み込めなかったのである。

一歩の踏み込みによって、せっかくの美しい関係を壊したくなかった。

桐原の想い出が幻影のように美しければ美しいほど、桐原は臆病《おくびょう》になっていた。

その後、大学を卒業し、中堅の情報機器や、通信・映像機器の会社に就職した。時代の最先端をいく日進月歩の機器を扱うだけに、少し気を抜くと、たちまち後から来る者に追い抜かれてしまう。

福原みすずのことを気にかけながらも、企業のサバイバルレース最前線に立った桐原は、青春の幻影を追いかける余裕がなくなっていった。

そんな彼の現状をみすずは察したかのように、文通が間遠になった。

学生時代の夢を追うような旅が、いまとなると夢か現実か見分けられない、異次元の世界のように烟《けむ》って見えた。もしかすると、海と陸が複雑に絡み合って形成した三陸の風光の中に隠されていた異次元の世界に、四泊五日間、迷い込んだのではないだろうか。

いまや京都や大阪、また韓国のソウルなどへの出張は日帰りが常識となっている。他方、高速度交通機関によって浮いた時間は、さらに酷《きび》しい仕事で埋め立てられる。そんな厳しい時間に追われるビジネスの狩人《かりうど》にとっては、学生時代そのものが幻影か幻想のように烟っている。あんな悠長な時代が自分にあったことが信じられなくなっていた。

数年後、重役の紹介で桐原に縁談が生じた。入社試験の面接時、最も強く桐原を推してくれた人だけに、断りにくい。

しかも社長の射程にも入っている社内の実力派である。彼の知遇を得れば、桐原の将来は約束されたようなものである。

あまり気は進まなかったが、見合いをした相手が意外に美人であり、一目で気に入った。相手も桐原に好感をもったようである。

ここに婚約が成立して、重役の媒酌で桐原は結婚した。

結婚式のとき、桐原の瞼に福原みすずの面影がよみがえった。桐原はみすずと新婦、両人に対して後ろめたいおもいがしたが、新婦の雰囲気がみすずにどことなく似ていることが救いになった。

チャペルで父親に手を引かれてバージンロードを、桐原が佇立《ちょりつ》している祭壇の方角に向かって静々と近づいて来る純白のウエディングドレスをまとった新婦の姿が、福原みすずであるかのような錯覚をもった。

そうではない。いま彼の妻になるためにバージンロードを歩いて来る花嫁に出会う前提として、福原みすずと旅の途上、めぐりあったのであると、桐原は自らに言い聞かせた。

こうして福原みすずの面影を、新妻によって塗り替えるようにして、桐原は結婚した。

新妻との仲も円満で、媒酌人を務めてくれた重役は、下馬評の通り、間もなく取締役会で社長に就任した。

新社長体制の下、社業は順調に伸びて、海外子会社の操業度も上昇した。構造不況の中で低迷している他社を尻目に、グループ挙げての合理化効果によって黒字がつづいている。

新社長の機動力と営業手腕により、グループ全体に活気があった。社長に媒酌されたことは、彼に忠誠を誓ったことになる。社長も桐原を憎からずおもい、浅い社歴にもかかわらず花形部署の要職に配してくれた。社内では社史始まって以来の出世と噂《うわさ》されている。

三年後、妻は女の子を出産した。色白でノーブルな面立《おもだ》ちの子であった。彼はその子にみすずと名づけた。命名の由来を知らない妻に異存はなかった。

「本当に神様がくださった鈴のような子だわ」

と妻は、その名前を喜んだ。

桐原は内心、後ろめたさをおぼえたが、妻が喜んでいるのを見て、ほっとした。

みすずは健康で、すくすくと育ち、生来の素質がますます輝いてくるようであった。噂を聞きつけた粉ミルクの会社が、みすずを会社のキャンペーンベビーとして使わせてくれないかと、リクエストしてきた。公私共に順風満帆であった。

みすずが二歳になったとき、桐原は東北地方へ出張を命ぜられた。

東北地域の中小都市から、市勢活性化のための企業誘致があり、西南地域に比べて地価も安く、人件費も低廉であるところから、桐原が視察を命じられたのである。視察と銘打たれているが、東北工場の新設はほぼ決定しており、視察という名目で、少し東北の温泉にでも浸って骨休めをして来いと、気を利かしてくれたのである。

社長は桐原の〝北方好み〟を知っていたのである。

就職してから、みすずのことは気にかけていながら、仕事に追われ、昇進するに従い仕事に集中せざるを得なくなった。

また、プライベートの面でも、結婚してみすずが生まれてから、オリジナルのみすずのほうを振り返る余裕がなくなっていた。

おそらく彼女も結婚し、子供に囲まれて、桐原のことなどは忘れているにちがいないとおもい込むようにした。

女性は子供が生まれると、一種の化学変化をする。母性本能が〝子供前〟と〝子供後〟を変えてしまうのである。

青春の幻影のような彼女も、いまごろは日常の暮らしと、母や主婦としての多忙の中に糠味噌《ぬかみそ》くさくなっているにちがいないと、自らに言って聞かせた。

そのように、自らに納得させること自体が、福原みすずの面影を忘れられない証拠であった。

まだ自分を探し当てられず、未知数ばかりの将来に対する不安を背負って漂泊に憧《あこが》れた。あれは無銭旅行に近い一種の〝武者修行〟であった。

芭蕉《ばしょう》は「菰《こも》かぶる覚悟」(乞食行脚《こつじきあんぎゃ》)の、移動によって句魂《くこん》を磨こうとしたが、桐原は不安を背負って地平線、あるいは水平線のかなたに自分の将来を模索したのである。

つまり、じっとしていても不安に押しつぶされそうになるので、遠い山や海のかなたへ行けば、素晴らしい世界が開けるかもしれないと安直な夢を追っての当てどない旅であった。

そんな旅先で知り合った福原みすずが、その後の彼の青春の象徴のように、胸の深所に居座ってしまったのである。

人にはだれでも「ただ一人の異性」がいるという話を、どこかで読んだか聞いたかした。

ただ一人の異性は配偶者とは限らない。また出会えるとも限らない。出会っていたとしても、相手を「ただ一人――」と気づかないこともある。

福原みすずは、もしかすると桐原のただ一人の異性であったのかもしれないとおもうようになった。

このような時期、桐原は東北の出張を命じられた。現在開発中の東北地域の新拠点となるべき工場を形式的に視察して、あとは自由の時間をたっぷりとあたえられた。すると胸の奥に封じ込めた青春の象徴が、忘却のかさぶたを突き破って蠢《うごめ》きだした。若き日、定まらぬ心を抱いて旅をした途上出会った、幻影か、現実《うつつ》か見分け難くなったみすずの存在を確かめる絶好の機会ではないかとおもった。

折から、三陸地方は初夏の門口にたたずみ、リアス式の沿岸に臨む断崖が海中に崩れ落ちて、打ち寄せる波を海面に弾む夏の光と共に豪快に砕いている。

沿岸に屹立《きつりつ》する山に新緑が萌《も》え、季節の花の群落が彩る。

学生時代、暑中休暇中に訪れた三陸地方は、当時と全く同じきらびやかで、ダイナミックな風光を展開した。

異なっているのは、当時よりも交通の便がよくなり、観光客が増えていることである。列車はスピードアップされ、バスの便数も多くなって、当時は近づけなかった奥地までも入り込めるようになった。

桐原は当時の記憶をかき立てながら、福原みすずと出会った町へ行った。当時の木造の観光案内所は、瀟洒《しょうしゃ》なビルに変わっていた。

当然のことながら、観光案内所に福原みすずはいなかった。居合わせた職員に問い合わせても、彼女の消息を知る者はいない。すでに十年も以前のことであるから、当時の職員はすべて変わっている。

桐原は観光案内所から彼女の自宅へ足を延ばした。あるいは、自宅を先に訪問すべきであったかもしれない。

だが、自宅に他の人が住んでいたり、建て替えられていたりした場合の衝撃を後回しにするために、彼女の旧職場を訪ねたのである。

自宅は桐原の記憶の通りに、その場所に健在であった。保存がよく、改築もせず、彼が四泊した建物は、記憶のままであった。

だが、表に掲示されている表札は、全く別の人の名前であり、応対した住人は、桐原の知らない顔であった。

桐原が福原みすずの名前を挙げて、十年前、旅の途上、ご当家に四泊お世話になっ

たと告げると、住人は怪訝《けげん》な顔をして、

「この家には祖父の代から三代住んでおりますが、福原さんという方は知りません。おもいちがいではありませんか」

と逆に問い返した。

「三代、この家に……ご近所に福原さんという方はお住まいではありませんでしたか」

「いいえ。私は生まれたときからこの家に住んでおりますが、福原さんという方はいませんよ。小さな町ですから、町の住人はほとんど顔馴染《なじみ》です」

と住人は答えた。

だが、住所も番地も符合している。桐原は狐《きつね》につままれたような気がした。

住人の言葉を信じきれない桐原は、さらに近所の住人に訊《き》いてまわった。が、誰もが、福原みすずも福原家も存在しないと答えた。

すると、あの「四泊五日」の追憶は、夢か、幻覚であったのか。

だが、彼女が想い出にと言って託した小貝は、夢や幻覚ではないことを示している。

彼女に出会った町や、その自宅には、彼女が存在していたという証拠も証人もいなかった。一体、これはどういうことか。

福原みすずが桐原を拒否して、この世に存在した一切の証《しるし》を消去したのか。

桐原は、以前に読んだSF小説を、ふとおもいだした。

過去、現在、未来を通して、自分が生きている時空のみしか存在しないという想定は傲岸《ごうがん》である。自分が生きている時空とは別に、それと並行して、過去、現在、未来を通して、無数の時空（世界）が存在しているかもしれない。

つまり、宇宙が誕生してから現在に至るまで、また現在から宇宙が消滅する未来まで、並行する世界《パラレルワールド》が存在している可能性はないと言えないのである。

この時空に存在する自分のように、パラレルワールドに無数の自分や、親や、友人や、家族や、福原みすずが存在するかもしれないのである。

しかも、パラレルワールドはSFや想像の世界ではなく、物理学上、理論的な可能性が説かれている。

三面鏡の両翼を映し合わせたとき、無数の鏡像が並行して出現するように、パラレルワールドが存在する可能性を物理学が論じている。

もしかすると自分は、あのときパラレルワールドに迷い込んだのかもしれない。だが、パラレルワールドであれば、桐原が存在するこの時空に、福原みすずも存在するはずである。あるいはパラレルワールドが微妙に歪《ゆが》んで、そこに存在するものが少しずつ異なっているのかもしれない。

確かに自分では体験したつもりが、時間差をおいて再確認したとき、存在しなかったという実例を、桐原は何度か聞いていた。

例えば、過去、訪問したときに見えた山が、そこに存在しなかったり、昨日訪れたばかりの店が消えており、近所の人間もそんな店は初めからなかったと証言したという記録を読んだことがある。

出張から帰京して、桐原は青春の幻影と完全に決別した事実を悟った。

福原みすずとの出会いは、確かに美しい幻影であった。若き日の幻影であったればこそ、永遠に美しいのである。

過酷な現実と日々格闘しながら生きている身にとって、そのような幻影を持っていることは幸せであるかもしれない。

おもいだしたくもない呪われた過去を背負っている人よりも、心の深所に秘蔵できる追憶を持っている者は、未来に対しても明るい展望を期待できる。

その後、東北工場は順調に稼動して、会社を支える強い戦力となった。世界的な不景気風が吹きまくる中で、企業グループの経営成績は続伸、海外子会社も堅調を持続している。

桐原の家では二番目の子が生まれ、桐原は花形部署の部長となった。彼の出世は社史を塗り替えている。

桐原は四十代に入った。四十にして惑わず、と言うが、今日の人生七掛け時代の感覚では、四十歳は昔の二十八歳に当たる。現役の中核であり、ナイスミドルとしていまや社運を背負っていた。

このとき予想もしなかった激震が襲った。激震は桐原の人生だけではなく、日本全国、世界に強烈な衝撃波を伝えた。

三月十一日、南方からそろそろ花の便りが届くうららかな週末の午後、日本全国は明日からの休日の期待に心弾ませて、その週を締めくくる仕事を終えようとしていた。

午後三時が近くなったとき、東北地方三陸沖を震源とする震度七、M八・八を観測する国内史上空前の大地震が発生して、三陸地方沿岸の岩手、宮城、福島県にかけての各都市や町村が、地震につづく大津波に襲われ、潰滅状態に陥った。

諸市町村に巨大な長城のように黒い鎌首《かまくび》をもたげた大津波が連続して押し寄せ、家や住人や、車の行列や、森林や田畑や、町そのものを呑み込んでいくテレビ映像を、視聴者は啞然《あぜん》として見つめていた。

これまでにパニック映画で何度も見かけたシーンのように既視感《デジャビュ》があるが、これが現実そのものとは信じ難い。あまりにリアルで、かえって虚構くさく見えるのである。

これは現実ではない。虚構の映像だとおもいたくなる画面が、連続する余震によって、現実そのものであることをおもい知らせる。

すべてを呑み込んだ大津波は、まだ胃袋が満足しない巨大恐竜のように引き波となって海へ引き返すとき、辛うじて原型を残し保っていたわずかな建物や建造物を徹底的に破壊し尽くし、海中にさらっていく。

死者や、安否不明のまま、ダメージの数量はうなぎ登りに増えている。

福島県の海岸にある原発が、津波の影響を受けて放射能漏れの虞《おそれ》があるとして、同夜、政府から原子力緊急事態宣言が発令された。

桐原の会社では居合わせた社員に、しばらく外へ出ず、社屋内に留まるようにと指示した。

高速道路は地震発生直後から通行止めとなり、新幹線以下、ＪＲ、私鉄のほとんどすべてが運転を見合わせ、携帯電話が不通となり、固定電話もつながりにくくなった。

震災発生後間をおかず、東北工場と連絡が取れた。工場の立地点が被災地域から離れていたので、工場のダメージは社業にほとんど影響しないほど軽微であることが確かめられた。

各企業の東北工場が軒並み致命的な損傷を受けている中で、操業に差し支えない軽微な損傷に留まったということは、まことに不幸中の幸いであった。

桐原は前後して、通信が混雑する前に自宅にいる妻に連絡を取り、家族の安全を確かめていた。

「交通機関が回復するまで、会社に留まる。今夜は帰れないかもしれないが、心配しないように」と桐原は妻に告げた。

都内でも震度五程度の強震で、まだ幼い子供二人を抱えて、夫の留守を守っているのはさぞや心細いことであろう。

だが、少なくとも家にいる限り、津波はこない。怖いのは火災であるが、自宅の近くで火は発していない。

家族の安全を確かめて、桐原はひとまず安心したが、テレビが伝えている三陸沿岸の潰滅的な被害に、心の奥に閉じ込めたはずの人の安否が気になってきた。

報道された潰滅的な被災地域のど真ん中に、福原みすずの家がある。東北地方に出張した際、福原家に立ち寄ったが、そこに彼女本人も、家族も存在しなかった。

自分自身で確かめた事実であるが、桐原はいまだにその事実を信じられない。なにか理由があって、福原家のある町内《コミュニティ》が、彼女の家や家族の存在を秘匿しているのではないかと疑っていた。

なんのためにそんな秘匿をしたのかわからないが、学生時代の旅の途次、出会った福原みすずは、夢でも幻覚でもないという意識が固まっている。

桐原はその後の報道に注意していたが、福原家の住所は水没し、すでに三百人以上の遺体が発見されたという。桐原は津波から逃れた避難者に一縷《いちる》の希望をつないだ。

彼女は生きている。生きているにちがいない。移動手段を失って身動きできない桐原にとって、できるのは祈ることだけであった。

想定外の週末は、夜に至り、余震はつづいていたが、このまま社屋に閉じこもっていてもなんの進展もないので、桐原は自宅を目指して歩くことにした。

郊外の私鉄沿線にある我が家まで歩き通して四～五時間、通勤電車では新宿経由、約四十分であるが、初めて歩くコースなので地の理に暗い。だが、明日の朝までにはなんとか我が家にたどり着けるであろう。

市街には帰宅困難となった交通被害者が溢《あふ》れ返り、車道は車の洪水が渋滞している。はるかなるマイホームへ帰るのをあきらめた人々は、駅や、学校や、公共の建物などで夜を明かそうとしていた。

平素は電飾に華やかに彩られる都心も、まだら停電で暗い。沿道の一般の住宅がトイレットを開放し、飲み物やおにぎりを提供してくれる。コンビニや商店も非常事態とあって、飲食物を無料で提供してくれる。

相互無関心の大都会が、想定外の大震災の発生で、人間性がよみがえった感があった。

歩道から車道にまで溢れだした帰宅困難者は、動かぬ車の間を縫ってはるかなるマイホームに向かって歩きつづけている。

沿道の住人から差し出された飲み物で喉《のど》を潤した桐原は、ふと、空を仰いだ。満天の星が凍りついたようにそれぞれの位置に、あるいは濃密に、あるいは疎《まば》らに陣形を布《し》いている。

立ち止まると寒気が足許から這《は》い上がってくる。地震によって春が寒返《かんがえ》ったようである。都心でこの寒さであるから、東北の被災地の突き刺す寒気の厳しさがおもいやられる。

途中、道に迷い、あるいは遠回りをして、桐原は翌日朝、ようやく我が家にたどり着いた。

連続する余震の中に、夫と父の帰りを不安に震えながらまんじりともせず待っていた妻と子供たちは、無事に帰宅して来た桐原を迎えて、ほっと救われたようである。

不幸中の幸いにして、桐原の住居がある町内には停電がない。夜通し歩いて疲労困《こん》憊《ぱい》、冷えきった身体を熱い風呂に浸して、人心地がついた。

だが、被災地の避難者は、人間が生活する環境ではない避難所に押し込まれ、寒気と飢餓に慄《ふる》え、はぐれた家族の安否を案じながら、眠れぬ夜を過ごしているであろう。

そんな生存的状態の中に福原みすずがいることを、桐原は祈りつづけた。

一夜明けて、日本人にとって最悪の休日を迎えることになる。インフラ（交通手段、ライフライン）のほとんどすべてが麻痺《まひ》した中で、震源に面する東北地方の被害の拡大を、各マスコミ機関は総力を挙げて伝えてきた。

ほぼ潰滅状態に陥った被災地、交通網が麻痺して救援の手はまだ届かない。

家族の安全を確認した桐原は、福原みすずの住んでいた町に駆けつけて、彼女の安否を確認したいとおもったが、交通手段がない。また、いま、身体一つを現地へ運んで行っても、手のつけようがないであろう。

テレビや新聞で見る限り、町そのものが消滅、あるいは水没し、被災地の避難所の位置すら確かめられていない。医薬品もなく、医療の手が及ばぬ避難所で、避難者の死亡が相次いでいる。

（彼女はいない。もともと存在しなかった。存在しない幻影が、被災するはずがない。いまはそんな青春の幻影を追うときではなく、生き残った被災者たちを救援すべきではないか）

と桐原は自らを叱咤《しった》したが、どこかの救援所で桐原が救いに来るのをひたすら待っている福原みすずの二十年前の面影が瞼に浮かんでくる。

「あなた、東北に親しい知人がいらっしゃるの」

桐原の内心の葛藤《かっとう》を察知したらしい妻が、顔を覗《のぞ》き込んだ。

「東北工場の安否が心配なんだよ」

「でも、工場は内陸で、被災地から離れているわよ」

「工場が無事であることは確認されたが、被災地に近い地域に工場の人間が何人か住んでいるんだ」

「だったら、列車が動くようになったら、様子を見に行けば」

もちろん桐原はそのつもりでいた。

妻に問われて、桐原は少しほっとした。東北工場の見舞いを名目にして、福原みずの町へ行ってみようとおもった。

寸断されていた交通網もようやく修復され、桐原は早速、東北工場の視察に赴いた。

工場施設の壁や屋根の一部が崩落、破損し、窓ガラス数枚が割れただけで、操業に支障はない。人身の被害は、作業員一名がガラスの破片を受けて軽傷を負っただけであった。

甚大なダメージを受けて、復興のメドもつかない他社の工場群に比べて、僥倖《ぎょうこう》としかいえない軽微な損害であった。

桐原はひとまずほっとして、あまった時間を使い、気がかりの福原みすずと出会った三陸地方の町へ向かった。

被災地に近づくほどに、史上空前の被害が眼前に展開してきた。

見渡す限り、瓦礫《がれき》の山が延々とつづいていた。その間を寸断されていた道路が、救急隊員や、救援物資を運ぶために、除雪するかのごとく瓦礫を除《の》けて、辛うじてつながっている。

破壊の惨状は海岸に近づくにつれて極まり、住宅はほとんど原型を留めず、コンクリートのビルがぽつりぽつりと瓦礫の荒野の中に取り残されている。

電柱が薙《な》ぎ倒され、ひしゃげた車が諸方に積み重なり、津波に運ばれた漁船が船腹を見せて陸上に横たわっている。ヘドロのにおいが濃厚になり、微塵《みじん》と蝿《はえ》の大群が宙に舞っている。

瓦礫の荒野のあちこちに、遺体を探す自衛隊員や消防隊員、また破壊された自宅に入り込んで使えるものを物色している住人の姿が見える。

市内にあった福原みすずの住居周辺は、津波が退《ひ》いた後も水溜まりが残り、瓦礫の山が連なっている。見通しがよくなり、以前は見えなかった海が視野に入った。

海に呑まれたのか、避難所に避難しているのか、住民の姿は見えない。

生死不明者、生存者の数も不明であり、生存者がとりあえず身を寄せた避難所の所在や、その数もわからない。

山中に孤立している避難所もあれば、倒壊した家屋を辛うじて住める程度に修復して暮らしている被災者もいる。車中に泊まり込んでいる人もいる。被害市町村間の連絡も取れていない。

みすずの町は役所の庁舎自体が水没して、行政機能を失い、被害の実態が全く不明である。

町に住む人間は、自宅を取り巻く近隣の家、橋や電柱、ポストなどの目印によって、自宅の在所を識別する。

だが、一夜にして一望の廃墟となり、地勢も平坦であれば、特定の場所を見分ける目印がなくなってしまう。

桐原はしばし呆然《ぼうぜん》として、たぶんこの辺りであろうと見当をつけた廃墟の一隅に立ち尽くした。

以前、彼が再訪したとき、その家の住人や近隣の人々は、彼女は存在しないと言ったのである。もともと存在しない人間の住居が瓦礫の山と化してしまえば、さらに彼女の安否を探る手がかりが失われてしまう。

そこに地元の生存者らしい人が通りかかった。

「だれかの家を探しているのかね」

明らかによそ者《エトランジェ》と見える桐原に、通行人は気さくに問いかけた。

桐原が、この界隈《かいわい》に住んでいた女性を探していることを伝えると、

「この辺りは海に近く、被害が最も大きかったところだよ。津波に呑まれちまって、まだ遺体も見つからない人が多い。この先に中学校がある。その講堂にボランティアが瓦礫の中から集めて来た生死不明の被災者たちの身の回りの品や、写真や、アルバムなどを拾い集めて、ヘドロを洗い落とし、展示しているよ。もしかすると、尋ね人の遺品が、いや、身の回りの品があるかもしれないよ」

とおしえてくれた。

遺品を身辺の品に言い換えたのは、桐原の心情を慮《おもんぱか》ったのであろう。

おしえられた方角へ行くと、中学校の建物があった。避難所になっているらしく、

ボランティアや救援物資を運んで来たらしい車が数両、校庭に駐《と》まっていた。

講堂には、瓦礫の山の中から収集された多数の品目が展示されていた。アルバム、人形、カメラ、子供の玩具《がんぐ》、模型、手帳、日記帳、ランドセル、パイプ、額縁の絵、位牌《いはい》、家族の集合写真、郵便物、電卓、時計、レコード、ＤＶＤ、文房具、アクセサリー等々、その所有者の生活史や、愛着を示す品々が、広い講堂狭しとばかりに集められていた。

展示物の間を、被災者や、その親族や友人たちが、一品ずつ目を凝らして、不明者の手がかりを探している。

桐原も多数の探し人に混じって、一品ずつ展示物の中を探しまわった。心当たりのある品を見つけて泣いている人もいる。

広い講堂を埋め尽くした展示物を、一品ずつ目を凝らして探しまわっている間に、視力が落ちて、目が霞《かす》んできた。

展示物全品目を一日で点検するのは無理とみえて、何日も通って来る人もいるらしい。

桐原も疲労困憊して、車中に泊まり、明日また探してみようかとおもいかけたとき、視野の端に、一枚のクリアケースに入った写真が目に入った。

視線をクリアケースに戻した桐原は、そこに二十余年前、この町を訪れたとき、彼女と一緒に撮影した写真を見いだした。

写真は水に浸って変色していたが、紛れもなく福原みすずとの、セピア色の海を背景にしたツーショットである。背景に見覚えのある島影も写っている。通行人にシャッターを押してもらった写真らしい。

「あった」

おもわず声を発した桐原は、しばしその写真に見入った。周囲の音が消えて、二十余年前、彼女と共有した時間がよみがえった。

やはり幻覚でも幻影でもなかった。福原みすずは二十余年前、確かにこの町に存在していたのである。

みすずと彼は当時の若者に戻り、弾み立つ夏の光に包まれて、海からくる潮の香をいっぱいに含んだ風を浴びていた。

「お知り合いの方の写真ですか」

と声をかけられて、桐原は、はっと現実に返った。

展示物を管理しているボランティアらしい若者が、写真に視線を固定したまま立ち尽くしている桐原を、写真の主の親族か、親しい人間とおもったようである。

「私の友人にちがいありません。安否を気遣って東京からまいりました。ここに一緒に写っているのは二十余年前の私です」

と桐原は答えた。

「女性のお名前をおしえていただければ、わかっている限りの生存者と犠牲者のリストと照合できます」

「福原みすずです」

ボランティアはリストと対照して、

「避難者、犠牲者、どちらのリストにも載っていません。あるいは別の避難所に避難しているかもしれません。写真はコピーを取ってあります。お名前とご住所をいただければ、その写真をお持ち帰りください」

とボランティアは言った。

出張から帰って来た桐原は、夢見心地であった。

ついに福原みすずの手がかりを発見したのである。彼女の生死は不明であるが、青春の幻影ではなかったことを確認した。それだけでも大きな収穫といえよう。

後年、彼女の町を再訪したとき、その消息は絶えていた。だが、なぜ、実在していた彼女を、その家の住人と近隣の住人は否定したのか。

謎は依然として残っているが、桐原の関心は、彼女以外の人間にはない。福原みすずは震災時も別の地にいたのではないか。

とすれば、彼女は生きている。桐原の知らない町で大震災に襲われた郷里の町を案じながらも、平穏無事に暮らしているのかもしれない。

桐原は、いまでもこの空の下のどこかで、彼女が暮らしているとおもうと、胸の奥がほのぼのと温まるような気がした。

変色した写真ではあっても、これは桐原の青春の証明である。そして、いつになるかわからないが、いつの日か彼女と再会するような気がした。

「なんだか東北の出張先でいいことがあったみたい」

と妻が言った。

マスコミ機関が連日報道する被災地の悲惨な情報に反して、同じ方面に出張した夫の曇りのない表情を不審におもったようである。

「いや、工場が大した被害を受けていなかったので、ほっとしているんだよ」

桐原の口調はつい言い訳がましくなった。

「工場の皆さんもご無事でしたのね」

「社員が一人、軽傷を負っただけですんだ。他社の工場は軒並み再起不能といわれるほどのダメージを受けたのに、我が社の工場だけがほとんど無傷だったということは、まさに天佑神助《てんゆうしんじょ》だね」

桐原の言葉に、妻も不審を解いたようである。


その後間もなく、桐原は広島県に出張した。出張目的は新工場用地の下見である。東北工場は不幸中の幸いにも軽微なダメージで大震災を切り抜けたが、マネージメントは余震で東北工場が潰滅的な打撃を受けた場合を想定して、新工場の建設を計画したのである。

そして、いくつか挙げられた候補地の中から、広島県南東部の福山市域が最も有力な用地として浮上した。

桐原は用地選定委員の一人として、専門家と共に福山へ赴くことになった。広島へは何度か行ったことがあるが、福山は初めての訪問である。

中世、港町として栄えた福山は、江戸初期から中期にかけて、水野氏の城下町として発展した。明治以後、鉄道の開通と共に備後《びんご》地方の商工業の中心都市となった。

第二次世界大戦中、軍需工場が設置され、戦災で市街地を焼失したが、戦後、日本鋼管の進出以後、重工業都市としての色合いが濃厚になっている。

なによりもマネージメントが注目したところは、市の企業誘致に熱心な姿勢と、内海に面した用地の安全性である。阪神、広島、九州へのアクセスの便がよいことや、温暖な気候、風光明媚《めいび》な景勝地であることも気に入った理由である。

この地に新工場を持てば、東北の復興と共に、東北工場と並んで会社の強力な戦力となるにちがいない。

福山駅に降りたったとき、桐原はいずこからともなく漂って来る懐かしい芳香を嗅いだ。遠い日どこかで嗅いだ芳《かぐわ》しい匂いであるが、いつどこであったか咄嗟《とっさ》におもい出せない。

視察チームは松永《まつなが》湾に面した用地を視察した翌日、市役所のスタッフに案内されて、同地の名勝地として名高い鞆《とも》の浦《うら》を見学することになった。

視察チームの案内役として付いた市の女子職員を紹介されたとき、桐原はおもわず目をこすった。なんとそこには二十余年前に出会った福原みすずその人がいるではないか。しかも、

「福山市観光振興室の福原千種《ちぐさ》と申します。よろしくお願いします」

と彼女は折り目正しく名乗った。

名前はみすずと千種とちがうが、姓が同じである。見れば見るほど、若き日、三陸地方の町の観光案内所にいた福原みすずと全く同じに見える。

二十余年経過して、同一人物が全く同じに見えるということはあり得ない。桐原は驚愕《きょうがく》のあまり、しばし言葉も出なかった。

同時に桐原は、駅で嗅いだ芳香の源をおもい出した。それは福原みすずに出会った三陸の町を包んでいた薔薇の香りであった。案内者が、薔薇は福山の代表花だと教えてくれた。

千種はチームメンバー全員に愛想のよい笑顔をもって接したが、桐原に対して特別な反応を示したわけではない。

チームの案内役である彼女を独占して、三陸の町での出会いについて確かめるわけにはいかない。

チームの一行は、市が派遣してくれた妙齢の美しいガイドに喜んだ。

「こんな綺麗《きれい》なガイドさんに案内してもらえるなら、何度でも福山に通いたい」

「視察でなくて悩殺、用地でなく酔い心地だ」

などとメンバーははしゃいだ。

福山の名勝地として名高い鞆の浦に到着した桐原は、ダブルパンチをくらったように驚いた。

群青《ぐんじょう》の海や、突き出した岬、海面に鏤《ちりば》められた大小の島のたたずまいは、福原みすずと出会った三陸の町の風景をコピーしたように似ていた。

観光客は観光船に乗り移り、鞆の浦の伝統のイベントである鯛網《たいあみ》を見学する。

観光船を忠実な従者のように侍《はべ》らせた鯛網漁の船団は、網おろしの祝いと、大漁の祈りを込めた樽太鼓《たるだいこ》を勇壮に打ち鳴らし、最先頭の船首では弁財天の使者・乙姫《おとひめ》が大漁祈願の舞いを踊る。

「ハリャーヨイシャ」のかけ声に合わせて、途上、弁天島の弁財天に大漁祈願をすませてから、出漁、網入れ、大漁の手順を踏んで、遊覧船に乗った観光客に伝統の鯛網漁を見せる。

鯛が以前のように獲れなくなっても、観光客という鯛以上の獲物が、この一大海上絵巻を見物しようとして群れ集まって来ている。

五色の吹き流しを翩翻《へんぽん》と翻《ひるがえ》し、大漁の幟《のぼり》を打ち立てた船団は、鯛を求めて沖合へ進む。漁場に達すると旋回しながら左右に相分かれ、海中に網をおろし、勇壮な掛け声と共におろした網を引き絞っていく。

海面を滑走してくる風は爽《さわ》やかであり、降りこぼれる紫外線を吹き払ってくれるようである。空は青すぎて、ふと、昼か夜か錯覚するほど濃紺に染まり、その空を映して海の色はあくまで深い。

このころになると遊覧船上の観光客も打ち解けてきて、見知らぬ者同士が声をかけ合ったり、言葉を交わしたり、シャッターを押してもらったりしている。

気がつくと、桐原は福原千種と寄り添うようにしてデッキに立っていた。遠慮がちに言葉を発したのは、千種である。

「ぶしつけですけれど、私、以前、どこかでお目にかかったことはないでしょうか」

と彼女は問うた。桐原が先に問うべきことを千種から問われて、驚いた。

「実は、私からお尋ねしようとおもっていたのですが、なかなか切り出す機会がなくて、失礼しました」

と、少しうろたえながら、桐原は件《くだん》の写真を取り出した。

「もしかして、この写真にお心当たりはありませんか」

桐原が差し出した写真を手に取った千種は、驚愕の色を面に塗って、

「この写真は母です。この写真を母はとても大切にしていました。私が幼いころ、母から見せてもらったことがあります。どうして写真をお持ちなのですか。母と一緒に写っている男性は……」

「私です。申し遅れましたが、桐原と申します。二十余年前に、三陸地方の町で撮影した写真です。母上は当時、三陸地方へ行かれたことはありませんか」

「三陸地方には、いまは故人となりましたが、母の叔父夫婦が住んでいて、一時身を寄せていたことがあるそうです」

「そうでしたか。母上はご当地のお生まれだったのですね。私が母上に出会った当時、写真のようにあなたにそっくりでしたね。いまもお元気でいらっしゃいますか」

「それが……」

と千種は面を曇らせて、

「乳癌《にゅうがん》が発見されて、二年ほど前亡くなりました」

と答えた。

「悲しいことをおもいださせて申し訳ありません。二十余年前、三陸地方へ旅行したとき母上に出会って、案内していただいたのです。いま、母上に案内してもらっているような気がいたしますよ」

「母の遺品の中に、大切にしていたはずのこの写真はありませんでした。生前、幾度か母から見せてもらった写真に記憶が残っていて、桐原さんにお会いしたとき、以前、どこかで出会ったような気がしたのだとおもいます。この写真は母が大切に持っていた写真と同じものですか」

「私のカメラで撮影して、焼き増しを母上に送ったとおもいます」

死期が近いのを悟ったみすずが、若き日の想い出の品を整理したのではないかとおもった。だが、あえて口にしなかった。それはみすずの秘密に属することである。

謎は依然として残っている。

みすずが大切に秘蔵し、この世を去る直前に整理したはずの写真が、どうして三陸の町の震災後の瓦礫の中から発見されたのか。

桐原がまだ解けない疑問を探っている間に、網船は網を絞り、これを引き上げ、舳《へ》先《さき》を岸の方角にめぐらして船団は帰途についた。

波止場に着いた親船に観光客は乗り移り、とれとれの鯛を絞った網からすくい上げてもらい、土産にする。観光鯛網に満足した観光客は下船して、帰途につく。

視察団の一行は下船後、鞆の浦の史跡めぐりをした。千種に案内されて史跡をまわる間、桐原は、「いつか来た道」のような既視感《デジャビュ》をおぼえた。

古い街並みの間に鏤《ちりば》められた古刹《こさつ》、潮待ちの港として、海路の旅人を迎えた古い艶《えん》が残る遊廓《ゆうかく》らしい建物、桐原は二十余年前、福原みすずに出会った三陸の町にいるような気がした。風景も似ているが、街並みもコピーのようである。

「母は、三陸の町で桐原様に出会ったことをよく話していました。その後、文通していたそうですが、疎遠になり、この町で父と結婚したのです。私が生まれてから、間もなく父と離婚して、旧姓に復しました。たぶん桐原様のことが結婚後も忘れられず、父との間がぎくしゃくしてきたのではないかとおもいます。

今日、桐原様にお会いできたのは、母の霊が導いているような気がします。大震災に襲われた三陸の町の中から、母の形見を探し出していただいて有り難うございます。母もきっとあの世から、桐原様と私の出会いを喜んでいるでしょう。当地に御社の工場が誘致されるそうですね。これからもお会いする機会もあるとおもいます。母の代わりにご案内いたしますわ」

千種は若きみすずそっくりの笑顔を見せた。その背後には、初めて出会った三陸の海と山そのもののような風光が輝いている。

「また必ずまいります」

桐原は約束した。

メンバーの一人が、二人の間に言葉が弾んでいる様子に、カメラを向けている。

千種は駅まで一行を見送ってくれた。列車が動き出し、視野から外れるまで見送ってくれたが、彼女の視線が桐原に固定していることはわかった。

かつて三陸の町の駅のホームで、互いに見えなくなるまで見送ってくれたみすずの顔とオーバーラップした。

桐原はそのとき、ふと不安になった。再会を約したが、次に、福山を再訪するとき、福原千種は存在しないのではないか。

これから帰って行く東京の会社も、自宅も、桐原のオリジナルの世界ではなく、永遠のパラレルワールドの世界に迷い込んでしまった桐原が、旅人として通過して行くにすぎないパラレルの時空ではないのだろうか。

顧みれば、順調な半生であった。

人生は幸せよりも、不幸や辛《つら》いことが多い。一見幸せでも、盈《み》つれば虧《か》くように、家族や親族が病気になったり、不幸があったり、自らに不治の病いが発見されたりする。

それが桐原の場合、公私、周囲、すべてが順調であった。会社は発展し、人間関係もよく、未曾有《みぞう》の不況や災害も躱《かわ》した。

家族円満、全員健康である。あまりに順調すぎたので、パラレルワールドに迷い込んだのではないのか。

どんなに辛いことがあっても、不幸が重なっても、人間はオリジナルの時空に生きている。オリジナルであるからこそ、幸福も不幸も綯《な》い交ざる。

これがすべて順調、盈ちても虧けないことが、パラレルワールドを漂泊している証《しるし》ではないのか。

北欧伝説「さまよえるオランダ人」が死を拒否されて、永遠に七つの海をさまようように、不幸を拒否されて、永遠に幸福な人生を漂泊すべく運命づけられたのか。もしそうであれば、それは本来《オリジナル》の人生ではない。本来の人生であれば、不幸や災害に遭っても必ず復興する。桐原はオリジナルから逸脱した「さまよえるパラレルワールド人」である。

さまよえるオランダ人は七年に一度だけ上陸を許され、自分のために生まれた「ただ一人の女性」によって救われるが、ただ一人の女性は、福原みすず、あるいは妻ではなかったのか。もしかすると、千種かもしれない。

桐原は本来の人生へ帰る一縷の希望を千種につないだ。

そのように考えると、三陸の町を再訪したとき、福原みすず一人だけではなく、叔父・叔母の家にいた住人、および近隣の人々が、彼女と叔父・叔母の存在を否定したことがわかる。桐原が再訪した町は、パラレルワールドであったかもしれない。

大震災の後発見された写真は、オリジナルの世界からであったのであろう。同時進行のパラレルワールドが、オリジナルの世界と全く同じとは限らないのである。

また、それぞれのパラレルワールドに自分が存在するとすれば、自分のいる時空がオリジナルである。

パラレルワールドに迷い込んだ時空の旅人は、永遠にオリジナル（迷い込む前の基点）へ戻れない。複数のパラレルワールドを漂泊しながら、かつて現実であったただ一人の幻影を追うのである。

数日後、視察メンバーに撮影してもらった千種とのツーショットを添えた彼女宛の手紙が、宛名人居所不明で差し戻されてきた。

海の宝石

奇妙な全国指名手配の網が打たれた。被手配者は広域組織暴力団北炎会《ほくえんかい》系の幹部構成員で、大宮真一《おおみやしんいち》、三十六歳と、その愛人である。

手配理由は横領、拐帯《かいたい》、不始末となっている。

被手配者の身柄を確保して一報した者には三百万円を進呈すると、高額の懸賞がかけられている。

この手配書は一見、警察の指名手配書と同じであるが、手配者は日本最大の組織暴力団北炎会である。

被手配者は同じ罪名で各都道府県警から指名手配されておらず、北炎会が勝手に警察の手配書を模倣して、全国指名手配の網を張ったと考えられた。

手配書は全国の主な暴力団に郵送や、ファックスなどによって配布されている。手配理由の不始末は、男の被手配者が組長の愛人を寝取ったものと推測される。

こんな私的な指名手配を暴力団が発して、被手配者が網に引っかかれば、逮捕、監禁罪を構成し、リンチに発展する虞《おそれ》がある。

〝暴力団私的手配〟を重視した警視庁組織暴力犯罪取締本部は、北炎会の動向を厳重に監視し、二人の被手配者が暴力団の網にかかる前に保護すべく、各都道府県警に協力を要請した。


遊歩道には朝靄《あさもや》がたゆたっている。桜が散り、花水木《はなみずき》が終わって、遊歩道は新緑に包まれている。遊歩道の散歩はこの季節が最もよい。遊歩道の朝の常連はジョガーや、犬の散歩のエスコートなどである。

朝陽が射し込み、朝靄を駆逐し、潑剌《はつらつ》たる一日が始まると、通勤者の列が駅へ急ぐ。こうなると遊歩道の独占や寡占は難しくなる。

この近くに住んでいる棟居弘一良《むねすえこういちろう》は、朝の遊歩道が好きである。季節や、時間や、天候などによって異なる風景を演出してくれる。

棟居は特に新緑の季節の早朝の遊歩道が好きであった。

その朝、まだ時間が早いのでジョガーや犬の散歩も姿を現わしていない。鮮やかな新緑が朝靄の衣裳《いしょう》をまとって幻想的な光景を呈している。

遊歩道を独占してゆっくりと歩いている間に、朝靄は徐々に希薄になって、常連のジョガーが姿を現わす。

常連に出会う前に、遊歩道の近くの空き地に騒がしい鴉《からす》の気配を感じ取った。早朝の遊歩道に鴉は似合わない。せっかくの独占が〝不協和音〟によって乱された。

棟居は、何事かと訝《いぶか》しみ、遊歩道から空き地へと足を向けた。そこには、この界隈《かいわい》に住み着いているホームレスのダンボールハウスがある。

不動産業者が転売して、利ざやを稼ぐために取得した土地の値段が低落したまま放置されている空き地に、彼はダンボールハウスを建てて住んでいる。

六十代後半か。謙虚で知的な風貌で、ホームレスは世を忍ぶ仮の姿ではないかとおもわせるような気品がある。

近隣に迷惑をかけぬように遊歩道を清掃し、昼間はベンチに座って本を読んでいる。こざっぱりした服装をしていて、一見、ホームレスらしくない。身体も清潔にしている。

棟居は遊歩道で顔を合わせ、時折、黙礼を交わす程度の間柄である。

一度、ハウスを覗《のぞ》いたとき、トランジスタラジオやカセットコンロ、簡易ベッド、寝袋など最小限の生活必需品を持っていた。雑誌や空き缶集めなどをして多少の収入もあるらしい。

一人暮らしが好きらしく、自衛のためにホームレスが集まる公園などは避けて、近くの空き地に住み着き、遊歩道を生活エリアにしている。

野良猫を可愛がって、キャットフードをあたえている場面を何度か見た。

時折、彼のダンボールハウスには客が来た。ノーマルな暮らしからドロップアウトして、路上に流れて来たホームレス・フレッシュマンを〝独り立ち〟できるまで、彼のダンボールハウスに泊めて支援しているのである。

時には家出した若い女の子も来た。ほかのダンボールハウスであれば狼《おおかみ》の巣に迷い込んだ羊のようなものであるが、彼は決して女の子に手を出さず、優しく保護して家に帰るように諭《さと》す。後日、両親がつき添って礼に来ることもあるという。

棟居は彼の前身に興味をもった。きっと前身は社会でも主導的な立場にいたのであろう。事情があって流れて来た路上生活を、責任や、義務や、使命から解放されて、愉《たの》しんでいるようにも見える。

そのホームレスのダンボールハウスがある空き地の方角に、異様な気配をおぼえた棟居は、朝靄の奥に展開した光景に愕然《がくぜん》とした。

ダンボールハウスは無惨に潰《つぶ》され、コンロや、毛布や、家財道具、キャットフードなどが散乱している。だが、猫は逸速《いちはや》く逃げたとみえて、姿は見えない。

その中央に、主《あるじ》のホームレスが血に塗《まみ》れて倒れていた。駆け寄って声をかけたが応答はなく、すでに絶命している。

睡眠中を襲われたらしく、傷口は髪に隠れているが、後頭部からの出血が地上に敷いたシーツの上に血溜まりをつくっている。顔面や前腕にも打撲創が認められ、前歯も折損している。

棟居は携帯電話で一一〇番し、事件発生を伝えた。

平穏時の日課としている早朝の遊歩道が、殺人現場と化した。しかも、第一発見者は警視庁捜査一課の棟居である。朝の閑静な住宅街は警察の管理下に置かれた。

棟居は当日、事件番ではなかったが、第一発見者として現場に立ち合った。

現場に一番乗りして来た所轄署の捜査員に合流して、現場観察に立ち合っている間、応援を求められた捜査一課の事件番が臨場して来た。捜査一課の刑事が第一発見者とあって、捜査員には気合が入っていた。

「棟居《ムネ》さん、どうおもう」

顔馴染《なじみ》の所轄の菅原《すがわら》と、捜査一課中島《なかじま》班の四《よ》つ本《もと》が前後して棟居に声をかけてきた。

「被害者はこの界隈で評判のよい路上生活者だよ。怨恨《えんこん》ではないとおもう。金品目的でないことは確かだ。前身はやんごとなき身分であったような教養と知性を感じさせる。路上生活者仲間でも一目置かれていたらしい。犯人はたぶん天敵だとおもうな」

「天敵？」

「つまり、ホームレスを理由もなく憎む手合いだよ。汚い、臭い、うざったい（見苦しい）、目障りなどの理由にならない理由で、ホームレスを目の敵《かたき》にする。ただ、嫌う程度に止《とど》まっていればよいが、次第にホームレス狩りを愉しむようになる。趣味でハンティングをするように、ホームレス狩りをする」

「この被害者《ガイシャ》もホームレス狩りにやられたのかな」

四つ本が言った。

「ホームレス狩りはほとんど計画的で、中・高生が集まって、面白半分にやる。テント村やドヤ街に住むホームレスには手を出さないが、一人、あるいは少数で路上生活している者を襲う。石を投げたり、爆竹を投げ込んだり、ダンボールハウスに火を放《つけ》たりする」

「中・高生グループのホームレス狩りということかな……」

菅原が言った。

「いや、私の見るところ、加害者は一人ですね。被害者《ガイシャ》の創傷を見てください。すべて鈍器を用いた打撲創です。集団の犯行であれば、創傷がちがうはずです。棍棒《こんぼう》以外に石を投げたり、ナイフで切ったり、あるいは袋叩《フクロ》きにします。被害者はフクロにはされていない。ホームレスを憎んでいる人間か、酔漢が被害者《ガイシャ》を襲ったのでしょう。この睡眠中を襲われた被害者は、防御も、抵抗もできず、殺されてしまった。この被害者《ガイシャ》はかなり以前からこの界隈に住んでいますが、近所に迷惑をかけたことはありません。空き地にダンボールハウスを構えたのも、公共の遊歩道に住み着いて通行人の目障りになってはいけないという配慮からでしょう。犯人は被害者のダンボールハウスの所在地を知っていた。つまり、この近隣の住人だとおもいます」

棟居の言葉に二人はうなずいた。

被害者の身許《みもと》は不明のまま、殺人事件と認定されて、所轄署に捜査本部が設置された。

川辺達一《かわべたついち》は東京駅に下り立った。

一ヵ月前に娘の由美《ゆみ》の葬儀をすましたばかりであった。享年十九歳である。

二年前の夏、熱海《あたみ》の海水浴場で遊泳中、海水浴場に入り込んで来たウォータージェットにはねられて、ベッドに縛りつけられた身体になった。

加害者は小野田岩男《おのだいわお》という。当時十八歳の少年であり、暴走族のリーダーでもあった。加害者の父親は要路の政治家であり、秘書が一度、見舞金を届けに来ただけで、加害者本人も両親も現れなかった。

政治家の父親が手をまわしたらしく、加害少年はさしたる罪にも問われず、なんの反省も見せなかった。その後も族を率いて暴走に耽《ふけ》り、大学に進学後は父親の七光のもと、ダンスパーティーやディスコ大会を主催して、遊びまわっていた。

川辺の妻は、由美が寝たきりになってから間もなく鬱病《うつびょう》となって、川辺の留守中、縊首《いしゅ》して自らの命を絶った。

そして一ヵ月前、由美は川辺の不在中、ネットで手に入れたらしい毒物を飲んで自殺した。

「お父さん、ごめんなさい。でも、これ以上、迷惑をかけたくないので、お母さんの許にまいります」

と書き置きが残されていた。

川辺はただ一人残された。同情を集めたらしく、由美の葬儀にはかなりの人が集まってくれた。

由美が寝たきりになった原因を知った週刊誌の記者が取材に来て、川辺の無念の想いと共に、加害者の少年にインタビューしたコメントを掲載した。

少年は少しも悔悟の情を示さず、

「そんなことがあったかなあ。親父に迷惑をかけたくなくて、勝手に死んだんだろう。一生寝て暮らせるとは、いい身分じゃねえか。補償金もちゃんと払ったし、いまさら文句を言われる筋合いはねえよ」

とうそぶいていた。

すでに二十歳《はたち》に達していた加害者のコメントを読んだとき、川辺は、

(絶対に許さぬ)

と決心した。

親の威光のもと、スポイルされたあのような人間を生かしておくと、また由美と同じような被害者が出るであろう。現に、小野田岩男に率いられて暴走中、死んだ少年もいる。

主催したディスコパーティーで彼の毒牙《どくが》にかかった女子学生が訴えたが、これも父親が人脈と金の力で押さえた。

川辺は由美の死後、小野田の行動を偵察して、彼が親許から離れて、父が買ってくれた都心のマンションに一人で暮らしていることを知った。

彼の不在中、マンションの部屋の鍵型を取り、合い鍵をつくった。マンションに入るには玄関ドアのオープンカードが要るが、玄関口で待っていれば、住人や訪問者の出入りに乗じて入り込める。

一日中遊び呆《ほう》けて、深夜には父親に買ってもらったスーパーカーを運転して必ず帰って来る。時には若い女を連れ込むが、川辺のターゲットは小野田岩男ただ一人である。

小野田を葬った後、自首するつもりであるから、だれかに見られてもかまわない。

川辺はジャックナイフを懐中して、東京駅に下り立ったのである。

山下大蔵《やましただいぞう》は無気力になっていた。

大震災ですべてを失ってしまった。家族、家、財産、仕事、飼っていた愛犬までも津波にさらわれてしまった。

それだけではない。親しい近隣の住人や、町そのものまでが一朝にして忽然《こつぜん》と消えてしまった。

山下家が累代住んでいる三陸沿岸の小さな町は、地震の巣窟《そうくつ》であり、その都度、津波に襲われた。美しい風光の代償のように、津波の危険にさらされていた。その分、津波に馴れていた。

当日、津波警報が発せられても落ち着いていられたのは、馴れのせいでもある。さして慌てもせず、父母、夫婦、子供二人、愛犬も含めて、多少の貴重品を所持して車に乗って避難した。

これまでの経験から十分余裕があるとおもっていたのが、車列の渋滞にかかり、異常な気配に振り返ると、黒い海が鎌首をもたげてすぐ後ろに迫っていた。

慌てて家族全員を車の外へ出そうとした瞬間、津波に呑み込まれた。

なにかが砕けるような耳を聾《ろう》する轟音《ごうおん》と共に、一時、意識を失った。気がついたときは、自分一人が投げ出され、樹枝の股《また》に引っかかっていた。

家族は車と共に、引き波に沖の方へ引っ張って行かれたらしい。

数日後、父母と二人の子供の遺体が発見されたが、妻と愛犬はいまだに行方不明である。

家はもちろん、町全体が役場を含めて水没した。町長以下、職員の大半も海に消えたまま帰って来なかった。

山下の家が歴代営んでいた水産加工会社も津波に粉砕され、漁船の大半を失って復興のめどはつかなかった。

完璧な喪失であった。人生に起伏はつきものであるが、これほどあらゆるものを失い、絶望のどん底に叩き落とされたことはない。

山下は自分一人が生き残ったという実感が湧かなかった。のっぺらぼうになった陸上に、ただ一人置き去りにされたようにおもった。周辺にいるわずかな生存者も置き去りにされた人々である。

避難所を転々としている間に、郷里と生業の復興に見切りをつけた山下は、上京を決意した。東京へ行けばなんとかなるかもしれないとおもった。

全国、内外から人間が蝟集《いしゅう》する東京は、それだけ生存競争が厳しく、根を下ろすのが難しいことはわかっているつもりであるが、無数の人間の間に自分一人ぐらい潜り込む隙《すき》があるかもしれないとおもった。

だが、東京駅に下り立つと同時に、膨大な駅構内を凄《すさ》まじい歩速で行き交う人々の姿に恐れをなした。

一本しかない短いホームに、一両の電車が一日数回しか停まらない郷里の駅に比べて、この超巨大駅には、地下ホームを含めて二十数本の長大なホームに、電車はほぼ二分間隔、新幹線も数分間隔で入線、あるいは発車しているようである。その都度、大量の乗客が乗降している。

郷里の住民のようにのどかな顔をしている者は一人もなく、みな険しい表情をして一目散に歩いている。山下はサバイバルレースの急流の中に、すでに投げ込まれているのである。

山下は怯《おび》えたが、帰る郷里は消えている。

山下は目の前を移動する無数の乗客の流れにひるみながらも、集団自殺をするレミングの行列に加わるような気持ちで歩速を合わせて歩きだした。

桜井汀《さくらいみぎわ》は全身が空洞になったようにおもえた。

今日、将来を誓い合った恋人から、突然決別を言い渡された。最初はなんのことかわからなかった。

「きみに対する愛に変わりはない。だが、結婚できなくなった。院長先生から突然、お嬢さんをもらってくれと言い出されて、断るわけにはいかなくなったんだよ。断れば病院にいられなくなる。

それだけではない。院長の逆鱗《げきりん》に触れて就職先がなくなってしまうだろう。きみも無傷ではすまない。頼む。ここは院長のお言葉に従い、結婚して、ある程度落ち着いてから必ずきみの許へ帰る」

と直江《なおえ》は言った。

直江と汀の職場は優秀な医師と、最先端のハイテク医療機器を集めた、リッチな患者専門のホスピテル（ホスピタル＋ホテル）である。

病院長の津島慶文《つしまよしふみ》は政・財界に太い人脈を持ち、日本の医学の核《コア》とされる医心方大《いしんぼう》学の総長や教授たちすら押さえる圧力団体として幅を利かしている。

医心方大学は医学界の全国的なシェアを占めている。国公立大学の医学部の主要ポストから有力な私大医学部まで、医心方大学出身者が主要な地位を占めている。「医源地」と称《よ》ばれる医心方大学の圧力団体である津島病院の威勢は、推して知るべしであった。

津島病院では、患者を患客《かんきゃく》と称ぶ。政・財界の要人は、なにか都合の悪いことが身辺に発生すると、津島病院に避難して来る。

世間は病人を追及せず、ほとぼりが冷めるまで津島病院でゆっくりと休養できる。要人たちもその恩返しにリッチな患者を紹介して、ますます院勢を強め、優秀な医師が蝟集するという好循環になる。

その反面、津島院長に睨《にら》まれると、都落ちしなければならなくなる。

直江は津島の支援によってハーバード大学で学んだ俊秀であり、若手ながら要人と最も関係の深い花形医局のチームリーダーとしての位置にいた。

汀は直江が医局に派遣されてから、影の形に添うごとく医療現場で彼を支えていた。そんな二人が密《ひそ》かに愛し合うようになるのは必至の成り行きであった。

手術が無事に終わった後、チームリーダーの医師はスタッフを率いて〝打ち上げ〟をする。医師のポケットマネーで酌《く》み交わしながら盛り上がっている間に、手術中のストレスが柔らかく溶けていく。

リーダー医師の奢《おご》りと言っても、製薬会社や医療機器会社がカンパしてくれる。盛り上がるまま飲み明かして、ふと気がついたとき、汀はホテルのベッドを直江と共有していた。

そして、将来を誓い合ったが、直江から突然、決別宣言されて、彼とは対等ではないことを悟った。

しょせん、医師と看護師はエリートとノンキャリアであり、将来を約束してもなんの保証もない。男の医師にとって看護師は忠実な侍女であり、セックスの補給源にすぎなかったのであろう。

汀と結婚しても貧しい夫婦が生まれるだけである。院長令嬢と結婚すれば、津島病院の後継者として日本の医療界のトップに駆け上れる。いまさら汀がなにを言っても無意味であった。

世の中の約束で、男女の約束ほどあてにならないことはない。そんなどこかで読んだか聞いたかした諺言《げんげん》が記憶によみがえった。

練達の看護師として、こんなことは常識のはずであるのが、恋愛というその場限りの炎に焙《あぶ》られて忘れてしまったのである。

だが、火傷《やけど》はあまりにも高度であり、治癒不能であった。汀は職場を辞め、死に場所を探すつもりで東京駅へ来た。

行き先は定めていない。どこでもいいから東京から離れて、だれも知る人のいない遠方へ行く。

東京駅はお上りさんが多いように見えるが、日本の目抜き通りといえる東海道・山陽・九州新幹線が開通したいま、上り・下りの乗客がほぼ同等となり、むしろ都落ちの駅の気配が濃い。

お上りさんは北の出入口・上野駅が遠い郷里のにおいを集めている。新宿は流れる人々が通過する駅であり、渋谷となると駅というよりは山手の出入口の感じが深い。池袋は埼玉県の出窓である。

志を立て、東京で一旗揚げようと集まって来た人々は、東京の激しいサバイバルレースに敗れたり、傷ついたりして、郷里へUターンして行く。

Uターン者はまだ帰るべき先があるが、都落ちする人々は行き当たりばったりに遠方へ向かう。遠くへ行けば行くほど、東京で受けた傷が手当てされるような気がする。それが錯覚であっても、東京に留《とど》まっていては傷が深くなる一方である。

北へ帰る旅人には孤影と詩情があるが、都落ちする者は、一刻も早く東京から離れたいと焦る。

それぞれの想いを抱いて、東京駅に集まった人々が、なんの統一性もなく流れている。

東京駅丸の内口は中央通路よりも人の影がばらける。その人影の一人が突然倒れて地に這《は》った。流れに乗った人々は、見向きもせず通り過ぎて行く。夜の帳《とばり》が下りて、照明の届かぬ物陰に倒れた人に気がつかない者もいる。

たまたま近くを移動していた四人が駆け集まって来た。

「どうなさいました」

「しっかりしてください」

四人は口々に声をかけながら、倒れた人を覗き込んだ。

若い女性が倒れた男を馴れた手つきで介抱した。彼女の袖口が赤く染まった。後頭部から出血している。倒れた弾みに頭部を挫傷《ざしょう》したのか、あるいはすでに受傷していたのか。意識がない。

「どなたか一一九番通報、ＡＥＤ（自動体外式除細動器）の手配をお願いします」

女性が駆け寄った三人に声をかけたとき、早くも一人が救急車を呼んでいた。

女性は倒れている人の肩を叩き、耳に口を近づけて、「もしもし」と声をかけながら気道を確保し、呼吸の有無を調べて、人工呼吸を始めた。口対口の人工呼吸を二回行った後、反応を見て心臓のマッサージを施した。

動きに無駄がなく、救急医療に精通したその方面の人間とおもわれた。

女性の的確な対応で、循環のサイン（反応）が認められたとき、救急車のサイレンが聞こえて現着（現場到着）した。意識はないが、呼吸や脈拍が認められたので、手当ては救急隊員と交替した。

傷病者を救急車に収容した隊員は、

「知り合いの方がおられたら同行してください」

とエスコートを求めた。知人が同行すれば身許の確認ができる。

「私が同行します」

一一九番した三十代半ばと見える精悍《せいかん》な風貌の男が言った。前後して、

「私も同行します。私は看護師です」

人工呼吸と心臓マッサージを加えた若い女性が言った。

「我々も同行します」

他の二人が手を挙げた。

「そんなにスペースはないかもしれませんが」

と言いながら、救急隊員は四人の同行を認めた。四人を傷病者の知人とおもったらしい。

最寄《もよ》りの救急病院に搬送されて、医師の手に傷病者が引き渡された後、四人は病院の待合室に残った。

すでに時間が遅く、受付の職員や外来患者の姿は見えない。

看護師と名乗った女性と、救急隊員、また傷病者を引き取った医師の表情からも、かなりの重篤であるらしいことがわかった。

傷病者の名前も住所も知らぬ四人であったが、深い縁《えにし》をおぼえていた。

四人は相互に自己紹介をし合った。

「川辺達一と申します」

「山下大蔵です」

「桜井汀と申します」

「棟居弘一良です」

四人が名乗り合った後、別の医師が待合室に現れて、傷病者と四人の関係を聞いた。

山下と名乗った最も年配の男が、「傷病者とはなんの関わりもない通りすがりの者である」ことを告げた。

「それは困りましたね。患者は身許を示すようなものをなにも身に着けていません。あなた方も通りすがりとなると、ご家族に知らせることもできませんね」

医師の面《おもて》が困惑していた。

「傷病者の症状はいかがですか」

まず桜井汀が問うた。

「ただいまの症状は極めて深刻でなんとも申しあげられませんが、倒れた直後の手当ては完璧でした。今後、症状に変化がありましたらご連絡いたしますので、差し支えなければ皆さんのお名前とご住所をおしえていただけませんか」

と医師は言った。

「携帯や財布も所持していないのですか」

棟居と名乗った男が問うた。

「携帯は所持していません。所持品は約五万円在中の財布と小型カメラだけです」

「財布の中身になにか身許を示すようなものはありませんか」

「紙幣とコインが少しあるだけです」

「カメラにはなにか写っていませんか」

「デジカメですが、保存されている画像には身許を示すようなものは見当たりませんせん」

「その画像を見せてもらうことはできませんか。私はこういう者です」

棟居は名刺を差し出した。警視庁捜査一課の肩書に、医師の表情が改まった。

医師から渡されたカメラの保存画像をチェックした棟居は、はっとしたように視線を再生画面に固定した。そこには棟居の記憶に新しい人物の画像があった。

少し前、棟居が朝の散歩中、第一発見者となった殺害されたホームレスが撮影されている。死の影もない元気な顔で、カメラに納まっている。撮影者はカメラの所有者の傷病者であろう。

傷病者がなぜ殺されたホームレスを撮影しているのか。二人の間には一見、なんの関わりもないようであるが、写真に定着されたホームレスはポーズしている。友好的な表情であり、盗撮ではない。

撮影者がなにがしかの金をあたえて、被写体にポーズしてもらったとも考えられるが、そうだとすれば、撮影者はカメラマンかジャーナリストであり、ホームレスの生態に興味をもってカメラを向けたのかもしれない。

写し込まれている撮影月日は、被害者が殺害された三日前になっている。撮影者もホームレスの身辺に浮上した一人であるが、二人は友好的な関係にあったようである。少なくとも敵対関係にはない被写体の表情である。

被害者の死体を発見後、捜査本部は容疑者を近隣に住む〝天敵〟と見当をつけていた。

犯人は被害者のライフパターンをよく研究している。つまり、この界隈に住んでいる人間ということだ。

路上生活者の天敵は少年が多い。どう見ても傷病者が天敵とは見えない。

棟居は、ふとおもいついて、

「傷病者の衣服を見せてもらうわけにはいきませんか」

と医師に言った。

「衣服を……？」

医師が訝しげな表情をした。

「この写真の被写体と傷病者を結びつける資料が衣服にあるかもしれません」

と棟居は言った。

間もなく医師が看護師に衣服を持たせて来た。傷病者の出血がまだ生々しく染みついているそれを、棟居は綿密に観察した。

「恐れ入りますが、ピンセットと微物収集用の容器がありましたら、貸していただけませんか」

棟居は救急病院の看護師に頼んだ。病院にはお手のものである。

看護師が用意してくれたピンセットで衣服に付着している微物を採集し、容器に保存する棟居の手許に、同行した三人と、病院の看護師が好奇の視線を集めた。

棟居には付着していた微物に心当たりがあった。被害者は野良猫を可愛がっていた。採集した微物がその猫の毛と符合すれば、傷病者と被害者には写真に加えて、有力な接点が生じる。

ただ、写真を撮影したくらいでは、猫の毛は撮影者の衣服に移らない。しかも、それらしき微物はかなり大量に傷病者の衣服に付着していた。

衣服には少量の血液も付着している。頭部外傷による出血かもしれないが、断定はできない。

棟居が微物の採集をおおかた終えたとき、先刻の医師が顔を出して、

「当面、意識は戻りそうにありません。今日のところはお引き取りください」

と告げた。

そのころ捜査本部では意外な局面が展開していた。

被害者のダンボールハウスがあった空き地の近隣をしらみ潰しに当たっていた捜査員は、本年成人した大学生を割り出した。

大学進学前は暴走族の頭であり、警察と何度か悶着《もんちゃく》も起こしたが、その都度、父

親が頼み込んで内分に付してもらった。

　進学後も心を改めたわけではなく、不純異性交遊や暴力沙汰《ざた》を起こして、父親の庇《ひ》護《ご》の傘の下に逃げ込んだ。

　進学と同時に父親に買ってもらったマンションの一室に住んでいる。心を改めるという条件での独居であるが、親の目の届かぬところで好き勝手なことをするためである。

　その小野田岩男は以前にも路上生活者に暴力を振るって、父親に事件をもみ消してもらった。

　捜査本部は、小野田岩男が空き地に一人暮らしの被害者を殺害した犯人にまちがいないと確信した。

　後刻、ホームレス殺害に用いた棍棒に付着していた血液や体組織が、ＤＮＡ鑑定によって小野田岩男のものと一致した。

　逮捕状の発付を得て、まずは任意同行を求め、自供を得てから逮捕状を執行するという作戦のもと、小野田岩男のマンションに踏み込んだ。ところが、彼はすでに胸部を鋭利な刃物で刺通され、絶命していた。

死体は玄関口に倒れていた。ドアを開いた途端、鋭利な有刃器で胸部を刺通された。反射的なショック状態を起こして行動能力を失った後、さらに心室に止めを刺されて死亡したと推測された。

心臓の損傷で血圧が急激に下降し、犯人はほとんど返り血を浴びていないと見られた。

意外な局面に捜査本部は騒然となった。

四つ本が、

「殺されたホームレスの隣人や親しかった者が復讐《ふくしゅう》をしたのではないか」

と言い出した。

「仮にそうだとしても、どうやって小野田岩男を割り出したんだ」

「ホームレス仲間であれば、天敵の正体を知っていたかもしれない」

「しかし、ホームレスにそんな気の強い者がいるだろうか。第一、どうやって小野田岩男のマンションに入り込んだんだ」

「侵入は簡単だよ。玄関口で待っていれば、住人や訪問者が必ず出入りする」

「小野田岩男が見知らぬ訪問者に対して、簡単にドアを開くか」

「開いたかもしれない。開かないまでも、部屋の主の不在中、キイの型を取り、合い鍵を用意できるよ」

「ホームレスの仲間にそれだけの者がいれば、路上暮らしなどしていないだろう」

結論は出なかったが、とりあえず復讐説が最も近い。


混乱している捜査本部に、棟居が解決の鍵を持ってきた。

棟居が東京駅で倒れた傷病者の衣服から採取した動物の毛は、科学警察研究所の分析によって、殺害されたホームレスが飼っていた猫の毛と同一と鑑定された。

さらに、彼の衣服に染みついていた少量の血痕は、小野田岩男の血液型と一致した。ここに両者の間に接点が生じた。

「仮に東京駅で行き倒れた男が小野田岩男を殺害した犯人であるとしても、その動機はなにか。倒れる前に小野田岩男に復讐を加えたと仮定しても、行き倒れとホームレスのつながりがわからない」

と捜査本部が議論百出しているとき、棟居がはっとしたような顔をして、

「東京駅で発見したとき、その人の顔に薄い記憶があるような気がしました。いまお

もいだしましたよ。その顔は北炎会が全国指名手配した手配書に載っていた顔です」

「なんだって」

　捜査本部のスタッフが騒然となった。

「小野田岩男に殺害された被害者は、行き場のないホームレスの新人に、〝宿〟を提供していたと聞いています。全国手配された元暴力団幹部は行き場所を失い、駆け落ちした女を親分の許に帰した後、被害者のダンボールハウスにしばし泊めてもらったのではありませんか。猫の毛は、写真を撮ったくらいでは付着しない量でした。何日か暮らしを共にして、衣服に付着したのです。

　居場所を失ったヤクザをかくまってくれたホームレスに恩義を感じて、彼を殺害した天敵をホームレス仲間から聞きだして報復したのでしょう。その後、すでに頭部に異変を抱えていた彼は、東京駅で倒れたのだとおもいます。携帯以下、所持品を捨てたのは、全国手配の網に引っかかったときに備えて、身許を隠そうとしたのではないでしょうか」

　棟居の解析によって事件は解決した。

「ヤクザの一宿一飯の恩義ということかな」

四つ本が言った。

そして三日後、救急病院に搬送された大宮真一は、以前から血圧が高く、脳出血を惹起《じゃっき》して意識を失ったまま、本日×時××分、亡くなりました、と担当医から棟居に伝えられた。

大宮真一の死亡通知は、救急病院に同行した棟居以外の三名にも伝えられた。

熱海の孤独な家に帰っていた川辺達一は、彼の家庭を破壊した小野田岩男が、大宮真一によって復讐されたと聞いて、心身に蓄積されていたストレスが一挙に解消したように感じた。

大宮が小野田岩男の〝先客〟にならなければ、自分が手を下していたところであった。

当夜、一緒に救急病院までエスコートした棟居刑事は、大宮が一宿一飯の恩義に応えたのかもしれないと言ったが、川辺は、時系列が前後しているが、大宮は四人が病院までエスコートしてくれた恩に酬《むく》いたのではないかとおもうようにした。

どんなに憎い敵であっても、決して我が手を血に染めてはならない。どうせ汚れたヤクザ稼業の手を、川辺の手を汚させぬために、小野田の先客となってくれたのである。

すべてを失って上京した山下大蔵は、当座身を寄せた友人の家で、大宮の死亡と、彼が加わった一連の事件の経緯を聞いた。

優しい路上生活者に庇護された、三界に拠所《よりどころ》を失った大宮の報恩が、無気力になっている自分を生命を懸けて励ましてくれているような気がした。

すべてを失っても、自分は三界に拠所を失ったわけではない。全国手配された大宮に比べれば、まだ山下は生きていくスペースを持っている。このことを大宮におしえられたようにおもった。

自分がこのような状態では、死んだ家族たちが浮かばれない。ただ一人生き残った自分には、家族の分まで生きる責任がある。

(見ていてくれ。おれはこのままでは終わらぬ)

山下は両親、妻、子供たち、愛犬に誓った。

棟居から一件落着の報告を受けた桜井汀は、都落ちをやめた。いま都落ちをすれば、不実なかつての婚約者や、東京に負けたのではなく、自分自身に負けたことになる。

汀のキャリアと腕と知識があれば、どこにでも新しい働き場所は見つけられる。男は一人だけではない。視角《アングル》を転ずれば、信ずるに足る異性はいくらでもいる。むしろ、あのまま直江と結婚していれば、どんな破綻《はたん》になるかわからない。

直江のほうから言い出されて、本当によかったとおもっている。

川辺、山下、棟居の三人の男性とは、これを契機にして〝同窓会〟を開こうという話が盛り上がっている。直江に比べて、なんと素晴らしい三人であろう。

大都会の人間の海の中で、行き倒れた人に目もくれず通り過ぎて行った無数の通行人に比べて、彼らは倒れた人を助けるべく、駆け集まって来た。

あの人たちは人間の海の中の宝石であるとおもった。一宿一飯の恩義に応えて死んでいった大宮も宝石であった。

直江から決別を言い渡されなければ、この宝石に出会えなかった。むしろ、直江に感謝したいくらいである。

最後の灯明《みあかし》

沢野哲哉《さわのてつや》は新卒で入社した会社を、六十歳で定年退職した。三十余年、一社に忠誠を尽くして勤め上げたのである。

その間、めざましい出世はしなかったが、会社は入社当時の中小企業から、沢野ら草創の社員が斬《き》り込み隊員として最前線で奮闘したおかげで、厳しい生存競争に勝ち残り、業界の大手に成長した。

その功を賞されて、会社からリタイア後、顧問としてのポストを提供されたが、三十余年、一社に忠誠を尽くせばもう充分という意識であった。

人生の最も実り多い時期を、一社のために傾けたことに悔いはない。だが、一度限りの人生、一社だけで燃やし尽くしたくはない。

定年後の余生は、会社の鎖から離れた自由の海で、おもうがままに生きたい。

沢野はかねてから定年後、したいとおもっていたことや、夢に描いていた未知の彼方《かなた》への旅を実行するつもりであった。

平均寿命まで約二十年、無駄にしなければ人生二毛作、新たな収穫が得られるであろう。

だが、趣味の追求や旅行はすぐに飽きてしまうかもしれない。一人で趣味を追っても、旅へ出ても、面白くもおかしくもない。

人生の主要部分である現役を無事に勤め果たしたご褒美として得た自由を、趣味や旅行だけで費やしたくないと、沢野はおもっている。

自分にはもっとしなければならないことが残されている。

自由とはロマンティックな響きがあるが、すべてを自分自身の思考・判断によって決定するということはかなり難しいことである。

現役時代は所属している組織に忠誠を誓い、前例や、社規や、命令に従っている限り、厚い庇護《ひご》を受けられる。

だが、リタイア後の余生はだれの庇護も受けられず、反社会的でない限り、なにをしても自由である。なにをしてもよい自由には、なにをしなくてもよい自由も含まれる。

そんな自由は欲しくない。組織や集団に所属していた時代は、使命や、義務や、責任に束縛されていた。その束縛から解放されたいま、自由の大海でおもいきり泳いでみたい。泳がなければ沈んでしまう。

余生を無駄にしないために、なにをなすべきか。それはすでに定まっている。それをなし終えないかぎり、沢野の余生、いや第二の人生は始まらない。

これまでの半生は他人（会社や家族）のために働いてきた。後半生は自分のために生きなければならない。

数年前、妻が病死し、子供たちは巣立ち独立している。家に帰っても、だれも迎えてくれない寂しい老後である。

彼の前半生に忘れ難い二人の人物がいた。その一人がいなかったならば、今日の沢野はあり得なかったかもしれない。沢野の半生の恩人といえよう。

そしてさらに一人、絶対に忘れてはならない人物がいた。長い歳月をもってしても風化しない屈辱と恥辱を、沢野の心身に深く刻みつけた男である。

まず一人に恩返しをした後、第二の人物に報復をする。二人の人物に報恩と報復をしなければ、沢野の人生の決算は終わらない。あたえられた余生は沢野の人生の総決算期である。

恩人の名は秋葉陽子《あきばようこ》。沢野の青春の女神であった。

そして被報復者は黒江信二《くろえしんじ》。

中学二年当時、沢野は凄《すさ》まじいいじめにあった。総番長として全校を制圧していた黒江は、上級の三年生だけではなく、高校生までも怯《ひる》ませる腕力と体格の持ち主であった。

その黒江が、さしてクラスで擢《ぬき》んでているわけでもなく、目立ってもいない沢野を目の敵《かたき》にしていじめの的にした。

沢野自身はなにもしていないのに、黒江にとって沢野の存在は目障りであったようである。要するに、虫が好かないのである。

自分のほうから沢野に近づいたくせに、

「臭《くせ》え。おまえは臭え。おれのそばへ来るな」

と、しっ、しっと犬のように追い払った。

沢野は黒江のそばに近寄らないように注意していたが、

「風上へ来るな。おまえは糞《くそ》のにおいがする」

と言って鼻をつまんだ。

屋内にいても、あるいは屋外の風下にいても、風上だと因縁をつける。

そして、「シャワーをかけてやれ」と子分に命じる。子分は沢野を囲んで社会の窓を開き、一斉に〝放水〟する。うずくまった沢野の屈辱の涙を、相次ぐ生温かい放水が容赦なく洗い流した。

「放水やめ」

ようやく黒江が中止の命令をかけて、

「今度は小便のにおいがするな。おまえのようなやつを、小は大を兼ねるというんだよ」

と言ったので、子分たちはおもねるようにどっと沸いた。意味がよくわからないまま、黒江の機嫌を損ねぬようにへつらっている。

小便シャワーにつづいて、蟬時雨《せみしぐれ》が強制される。蟬時雨とは柱に抱きついて蟬の鳴き真似をすることである。

衆人環視の中でそれをやらされると、屈辱をおぼえる前に手足が痺《しび》れてくる。

「自転車漕《こ》ぎ」は机と机の間に身体を入れ、両手で体重を支えて、両足で自転車を漕ぐ真似をする。

最も悪質なのは解剖である。

「解剖！」

黒江の一声のもとに、子分たちが〃検体〃の手足を押さえ、衣類を剝《は》ぎ取ってしまう。女生徒は目を背けるが、的にされた犠牲者の恥辱は心身に深く刻み込まれて、歳月の経過によっても風化しない。

沢野はついに死を決意して、町の公会堂の屋上から跳び下りようとした。だが不穏な気配を察知して後を尾《つ》けて来た、そこの職員・秋葉陽子が、際どいところで沢野を抱き止めた。

そのとき、

「人生は占いのようなもの。当たるも八卦《はっけ》、当たらぬも八卦、凶が出れば吉も出ます。あなたのような前途のある人が、死を考えるなんて百年早い」

と諭《さと》した陽子の言葉が、彼を死の崖《がけ》っ縁から引き戻した。

沢野が立ち直ったと信じた陽子は、その日の出来事を胸に畳んでくれた。

命の恩人と、生涯の仇敵《きゅうてき》の居所は、絶えず調査をつづけてつかんでいる。

秋葉陽子は郷里のG県にある地方都市山上《やまがみ》市に住み、そこで結婚して幸福な家庭を築いている。

すでに七十前後に達して、数年前、夫と死別したが、娘夫婦の家族と同居して、穏やかな老後を過ごしているらしい。

いまごろになって、のこのこ礼に行っても、すでに彼女の記憶には沢野の存在は消えているかもしれない。もっと早く礼を言うべきであったが、現役の多忙にかまけて、今日に至ってしまった。

また一方の黒江信二は地元の高校を中退。暴走族の頭となって暴れていたが、警察庁広域指定暴力団系の二次団体（子集団）構成員となり、一家を構えて三次団体（孫集団）組長となった。

刑務所との間を何度か行き来して貫禄《かんろく》を上げていったが、多年の不摂生で体を壊して、最近は勢いを失っているようである。

仇《かたき》が暴力団組長となると、リタイアしたサラリーマンOBでは歯が立たないようであるが、沢野は厳しい企業間競争にさらされ、マーケット開拓の斬り込み隊長を務めてきただけに鍛えられていた。

定年前の一時、総務部長を務め、火花を散らす情報収集戦や、企業につきもののダークサイドへの対応は、臨機応変の胆力を培った。三十余年、企業の戦力として無駄飯は食っていない。

報復の日に備えて空手道場に通い、身体も鍛えた。

沢野はまず秋葉陽子に礼を言うために、山上市へ出かけて、市中のホテルに宿を取った。

命の恩人に対して、数十年の時間の壁を隔てている。日帰りで言えるような礼ではない。

あらためて、陽子のその後の生活史と家庭環境を詳しく調べ、もし生活に困窮していたり、トラブルがあったりしたら、救いの手を差し伸べたいとおもっている。

調査は企業戦士としてお手のものであった。

ホテルに腰を据えて調べたところ、陽子の息子・正敏《まさとし》は、市内の信用金庫に勤めていた。嫁の紀代《きよ》との間に一人息子の敏彦《としひこ》をもうけた。現在、中学二年生である。

近隣の住人や、同じ学校の生徒たちから聞き込みをして、敏彦がいじめの対象になっていることを知った。

だが、彼は親に言わず、いじめに耐えているようである。

沢野には、敏彦が現在置かれている環境がどんなに過酷なものかよくわかった。

教師や両親に告げれば、いじめはますますひどくなる。耐える以外にないのである。

だが卒業まで一年数ヵ月、心身共にずたずたにされている敏彦が、残酷な拷問にとうてい耐えられるとはおもえない。

いじめは加速度的に増幅される。クラスメイトも気の毒とはおもっても、被害者を援護すれば自分がいじめの対象となるので、自衛のためにいじめに参加する。

いじめのリーダーであるいじめっ子に睨《にら》まれないために、忠誠競争、つまりいじめの競争をするようになる。

そうなると、いじめられる者の苦痛は幾何《きか》級数的に増悪《ぞうあく》してくる。

卒業までの一年数ヵ月はおろか、この数日もおぼつかない。

両親、教師、友人、だれにも、我が身に集中する心身両面の苦痛を打ち明けられず、八方いずれにも逃げ道のない閉所に押し込められた敏彦の選択肢は、死以外にない。

いじめの被害者や、自衛のために心ならずもいじめに参加した子供たちが訴え出ないのは、三つの禁則《タブー》があるからである。

一、親に告げれば二倍の痛い目にあう。
二、教師に訴え出れば三倍。
三、警察に訴えれば十倍。
このいじめの鉄の掟《おきて》に縛られているからである。

沢野は、自分の経験から、この二〜三日が限界と察知して、敏彦を陰ながら見守った。

自宅では家族の目がある。学校では教師や生徒たちの多数の目がある。

となると、登・下校時が危険な時間となるが、登校時は独りになりにくい。ほぼ同じ時間帯に生徒が登校するので、勝手な行動は取りにくい。

残るは放課後、特に下校時間である。

下校時間帯には比較的自由があり、いじめっ子の目をかすめて、彼らに捕捉《ほそく》されぬような下校路を伝って家へ〝避難〟する。

だが、避難は明日までのわずかな時間であり、休日、祝日を除いて、また地獄の拷問に戻らなければならない。

両親はまだ気づいていないようであるが、いじめの存在を疑い、学校側へその調査を訴え出ても、「子供同士の悪ふざけ、いたずら、喧嘩《けんか》であって、いずれ社会にもまれる心身を鍛えるための必要な過程である」と主張するのが目に見えるようである。

自宅にいても自殺の危険がないわけではない。特に高層のマンションなどに居住していれば、屋上やベランダから跳び下りる虞《おそれ》もある。

だが、敏彦の家は一戸建ての二階家であり、飛び下り自殺の虞はない。刃物や薬品や縊首《いしゅ》による自殺の虞はあるが、統計上多いのは、通学時の電車への飛び込みや、校舎屋上からの飛び下り自殺である。

学校にいる間は沢野も阻止できない。

沢野の調査によると、敏彦のいじめは、入学後間もなく始まった。学級番長を中心としたいじめグループは、まず筆箱、教科書、ノートなど物隠しから、落書き、無視《シカト》、盗みなどを経て、登・下校の鞄持ちや、空手、プロレスの練習台にする暴力行使に移り、最近は解剖や葬式ごっこの死者役、禁便（トイレに行かせない）などの精神のいじめに転化しており、金品を要求するようになっていた。

そのほとんどは沢野も経験していたが、いじめを避けるために番長に忠誠を誓った女子生徒が提供した女子生理廃棄物を、洗面器に張った水に溶かして顔を洗わせる

「日の丸洗面」と称《よ》ばれるいじめはまだ生まれていなかった。

時代と共にいじめの手口も増悪している。

もはや一刻の猶予もならないと判断した沢野は、行動を起こした。

その日、「鞄持ち」から逃れた敏彦は、下校途上にある森の中の道に入った。

この道は以前、木の枝から吊《つ》り下がった縊首者があり、気味悪がられて、めったに人が通行しなくなっている。

この数日、沢野は敏彦を見守っているが、森の中の道を通るのは初めてである。

沢野に予感が走った。

（もしかすると）

沢野は気づかれぬように距離をおいて、敏彦を尾行した。

さして大きな森ではないが、中心部には松やアラカシなどの高木が立ち並び、枝を張り合い、太陽の光を遮っている。

その下には根笹《ねざさ》の繁みが混み合い、蔓《つる》が触手を張りめぐらし、蜘蛛《くも》の巣が張っている。林床《りんしょう》は苔《こけ》やシダが絨毯《じゅうたん》のように覆っている。

昆虫の居心地よい栖《すみか》であると同時に、野鳥の食堂であるが、いまは鳥の声も聞こえない。太陽の位置はまだ高いが、森の中は薄暗く湿っぽい。昼でも通行人はほとんどいない。

森の中を糸のように細々とつづく林道を伝った敏彦は、森の中心部で道からはずれ、藪《やぶ》を漕《こ》ぎ、枝の下をくぐりながら、一際混み合っている木立の中に入った。

最も高い樫《かし》の木の下に立ち止まった敏彦は、辛うじて手が届くか届かないかの高さにある太い枝に綱をかけた。

樫の木は強靱《きょうじん》であり、子供の体重をかけたくらいでは枝も折れない。

敏彦の意図を察知した沢野は、姿を現わし、いままさに輪にした綱の中に首を差し入れようとしたときをとらえて、

「そこでなにをしている」

と声をかけた。

だれもいないと安んじていた森の中で、いきなり声をかけられて、敏彦は愕然《がくぜん》としたようである。

その間に沢野は樫の木の下に走り着き、綱をはずした。

「お願いです。死なせてください」

　ようやく我に返った敏彦は訴えた。

「馬鹿なことを考えるんじゃない。これから花が咲き、無限の実りが待っている子供の分際で、死ぬなんて百年早い」

「生きている意味がありません。ぼくの命です。勝手にさせてください」

　敏彦は訴えつづけた。

「きみは一人ではない。一人の命でもない。たかがいじめに、親があたえてくれた一度限りの人生を、勝手に棒に振るな」

「このままではいじめ殺されます。どうせ殺されるのなら、自分で死んだほうがましです。ほっといてください」

「なぜ反撃しない」

「そんなことをしたら、たちまち殺されてしまいます」

「あきらめるな。クラス全体にいじめられても、いじめのリーダーは一人だ。その一人に怯《おび》えて、ほかの者はいじめに加わっているだけだ」

「番長には大勢の家来がついています。たとえ番長一人でも、ぼくは敵《かな》いません」

「戦いもせずに、初めから弱気になるな。いいか。よく考えろ。本当の敵は一人だ。そいつさえやっつければ、あとはほうっておいてもばらばらになる。いじめられているのはきみ一人じゃないだろう」

「………」

「いじめられている者を集めて反撃すれば、必ず勝てる」

「そんなこと無理です。先生や親に訴えるだけでも、いじめが何倍にもなってはね返ってきます」

「頭を冷やして、私の言うことをよく聞きなさい。きみ以外にもいじめられている者はわかっているんだな」

敏彦はようやく頭を縦に振った。

「何人いる」

「ぼくのほかに二人です」

「集めろ。そして三人で協力するんだ」

「三人集まっても、十人集まっても、番長には敵いません」

「私が助太刀《すけだち》する」

「おじさんが……?」

敏彦は驚いたような顔をして、沢野を見つめ直した。

「私がついている」

「おじさんはだれですか」

敏彦はようやく沢野の身許に不審をもったようである。

「私も子供のころ、きみと同じようにいじめられたんだよ。でも、自殺しなかった。生きていたからこそ、いまの私がいて、きみの助太刀をしてあげられる」

沢野も子供のころはいじめられっ子だったと聞いて、敏彦は警戒を解いたようである。

「いじめの中心人物となるようなやつは、大した人間じゃない。その周りに群がっている者も臆病《おくびょう》なやつらばかりだ。ヤクザが担ぐ黒神輿《みこし》のようなもんだ」

「黒神輿……?」

「そうだよ。ヤクザの担ぐ黒神輿は、守り代を払わない店には、暴れ込んでめちゃくちゃにする。ヤクザはこれを神罰と称《よ》んでいる。担ぎ手自身がへたに担ぐと、神罰が当たると恐れている。わっしょい、わっしょい、掛け声かけて町内を威勢よくもみ歩いていても、担ぎ手は掛け声だけで力を入れているわけじゃない。神輿は担ぎ手から放り出されれば、身動きできない。担ぎ手も神輿を放り出しても神罰が下らないことを知れば、担がない。いじめなんて黒神輿のような構造だ。恐れずに立ち向かえ。一度は死ぬ気になったんだろう。三人力を合わせて、死ぬ気になって反撃してみろ。まず仲間を呼び集めろ」

「でも、どうやって」

敏彦は少し乗り気になってきたようである。自殺の意図はとうに消えたようである。

「携帯があるだろう。メールを送ってもよい。集まって作戦を立てろ。そして、いじめの本尊、黒神輿の生活習慣を見張れ。必ず一人になるときがある。そこが攻め口だ。恐れるな。おじさんが助太刀する。自分自身を取り戻すんだ。自信をもて。念のためにおじさんの電話番号をおしえておく。仲間が集まったら連絡しろ」

「どうしてぼくに味方してくれるんだ」

「言っただろう。いじめられる者の苦しみがわかっているからだよ」

沢野に励まされて、敏彦はその気になったようである。

三日後、日曜日の朝、敏彦から携帯に連絡がきた。

「仲間が集まりました。頼もしい助太刀がいることを話すと、彼らもやる気になりました。どうせ死ぬなら、三人力を合わせて死ぬ気になって反撃しようと、意見が一致しました」

敏彦は弾んだ声で報告した。

「よし。弁天《べんてん》町にある住吉旅館を知っているか」

「知ってます。商人専用の木賃宿でしょう」

「おいおい、木賃宿なんて言葉、知ってるのか。ビジネスホテルだよ。そこで沢野と言えばわかる。三人一緒に来ると目立つ。一人ずつ、クラスメイトの目に触れぬようにして来い」

住吉で四人は会合した。

敏彦が連れて来た二人の少年は、小川進《おがわすすむ》、田沢弘《たざわひろし》と名乗った。いずれも気の弱そうな蒲柳《ほりゅう》の体形をしている。

一方、いじめっ子は片倉高男《かたくらたかお》。父親は市議会議員であり、町で不動産業を営んでいる有力者である。ヤクザともつながっているという噂《うわさ》もあり、住民から強持《こわも》てされている。

これまでの調べによると、学校側もいじめの存在は知っていながら、片倉の父親の威勢を恐れて、いじめではなく、子供同士のいたずらやふざけ、せいぜい喧嘩であるとして、構造的ないじめに対して目をつむっていた。

その次男坊である高男は、親の七光を受けて、中二でありながら全校を制圧するほどの威を張っている。上級生も高男には手を出さない。

三人の少年を宿の部屋に集めた沢野は、高男の生活態様《ライフパターン》を徹底的に調べ上げるように命じた。

「いいか。資料を集め終わるまでは、歯を食いしばっていじめに耐えるんだ。いじめられることを反撃の爆薬にしろ。わかったな」

三人は沢野の指示を熱心に聞いた。

初対面のころは、三人いずれの目もどんよりとしていたのが、いまは獲物を見つけた狩人《かりうど》のような目になっている。

「よし。行け」

詳細な指示をあたえてから、沢野は少年たちの肩をたたいた。

一週間後、住吉旅館に集まった少年たちは、片倉高男の生活史を綿密に調べ上げていた。

資料を丹念に見た沢野は、片倉が受験に備えて、週三日、市内箱田《はこだ》町にある全国チェーンの進学塾に通っていることを知った。

自宅から近距離にあるので、往復共に自転車を使用。帰りはおおむね午後八時ごろ。すでに暗くなっている。

「狙い目はここだな」

沢野は地図を指した。

「片倉が家の外で一人になる時間帯といえば、この地点《ポイント》しかないな。午後八時ごろ、このポイントの交通はどうなっている」

沢野は問うた。

「近くに、住人からカケトと称ばれている小さな沼があります。車は道が狭すぎて通りません。ほとんど通行人もありません」

「絶好のポイントだ。同じ時間帯に現地を観察したい」

三人の少年に案内されて、沢野は候補ポイントに立った。少年たちが言った通り、人の影は全く絶えている。

現地は、塾から町の方角に向かって緩い勾配《こうばい》を引いて、カケトに沿って緩やかなカーブを描いている。

遠方に明かりが疎《まば》らにまたたき、近くに人家は見えない。まさにお誂《あつら》え向きのポイントであった。

次は、片倉が塾に通う月、水、金に現地《ポイント》で待ち伏せして、彼の帰宅時間を確認した。

片倉はいつも同じ時間に、正確にポイントを通過した。

カケトに沿った緩やかな勾配をほとんどブレーキをかけずに、かなりのスピードで駆けおりて来る。

片倉のライフパターンにほとんど乱れがないことを確認した沢野は、次の日曜日、三人の少年を部屋に集めた。

「決行に備えて、実地の訓練をする。まず、それぞれの持ち場を決めよう。田沢くんは坂の上に立って、片倉が塾から帰って来るのを見張る。敏彦くんと小川くんは私と共に、ポイントで片倉が来るのを待ち伏せする。

今日は片倉が田沢くんの視野に入ってからポイントに達するまでの時間を測ってみ

よう。三人それぞれ自転車に乗って、発見場所からポイントまでの走行時間を測る。早速、実験に取りかかる」

沢野の指示に従い、現地で実地訓練が行われた。

Xデーの決行時間と同じ時間帯に、見張りの田沢以下、三人の少年が丘の上に立ち、片倉役の沢野が来るのを待つ。

沢野の自転車のライトを視認すると同時に、小川が全速力でカーブの末端決行ポイントまで自転車にまたがり、全速力で駆け下る。

決行地点では敏彦がストップウォッチを持って待ち構えている。

第一回の計測後、次は小川が片倉役を演じ、見張りの視野に入ると同時に敏彦がポイントに向かって駆け下りる。これを田沢が測る。

このようにして、片倉が視認されてから決行地点に到達するまでの時間を測り、平均時間を割り出した。

「平均時間一分二十五秒、〝水撒《ま》き〟には充分な時間だ。

次は水撒きの実地訓練を行う。田沢くんは丘の上に立って、小川くんは自転車で駆け下りて来る。水撒き役は私が担当する。敏彦くんはポイントにいつでも飛び出せるように待ち伏せする。わかったな。全員スタート」

沢野のゴーサインと共に、それぞれが持ち場についた。

待つ間もなく、坂の上にライトが点じた。ほぼ同時に道へ飛び出した沢野が、水を満たしたバケツを傾けて道に撒いた。その間、約三十秒。

道はカーブしていて、坂を駆け下って来る片倉の視野に沢野の姿は入らないはずである。

片倉がポイントに到達する前に、沢野は道脇の叢《くさむら》にバケツを持って隠れている。

この訓練をXデーまで何度も繰り返して、所要時間を短縮した。

充分に訓練を重ねた後、沢野は少年たちに告げた。

「訓練通りに事が運べば、必ず成功する。だが、想定外のハプニングや、事故が発生したときは延期する」

「想定外の事故やハプニングとは、どんなことですか」

敏彦が質問した。

「まず片倉本人が病気や休養で塾を休んだ場合、塾が当夜、不測の事情で授業が休講になったとき、予想外の通行人が片倉の通過時間とほぼ同時に来合わせた場合、天候が崩れて雨になったとき、また片倉に同行者がいた場合などだ。焦ることはない。片倉は急に死にはしない。チャンスはいくらでもある。

それよりも、三人とも、自分の体調や都合に気をつけるように。一人でも欠ければ決行は延期する。わかったな」

「わかりました。Xデーには這《は》ってでも来ます」

敏彦は答えた。

「這って来てはいけない。ちゃんと歩いて来い」

沢野が言ったので、少年たちは声を合わせて笑った。彼らはすでに怯えたいじめれっ子ではなかった。報復に燃える戦士であった。

「反撃ポイントはここに決定する。決行は明後日の夜とする。明日一日、たっぷりといじめられて恨みをたくわえろ。体力は充分に温存しておけ。ここ二～三日、天候は安定していると予報されているが、雨天の場合は、片倉がパターン通り行動していても順延する。午後五時、全員、私の部屋に集合してポイントへ向かう。武器はすべて私が用意する。わかったな」

「了解」

少年たちは異口《いく》同音に答えた。

任務遂行予定の一時間前、四人は現地に立った。頭上は満天の星空、月はない。絶好の反撃環境である。

沢野はオイルを入れた缶と、砂袋と、麻の縄、ガムテープなどを用意していた。それらが反撃の〝武器〟だった。

沢野は武器のそれぞれの用途を細かに伝えた後、反撃の手順と、各人の役割を詳細に指示した。

「わかったな。相手は一人。しかも担ぎ手を失った黒神輿だ。落ち着いて作戦通りにやれ」

「了解」

反撃準備は整い、矢は弓につがえられ、獲物が照準に入るのを待つばかりとなった。

「田沢くんは坂の上で待ち伏せして、片倉が通過したらライトで合図を送れ。敏彦くんと小川くんは私と一緒にここで待ち伏せする。私がゴーサインを出したら、同時に跳び出す。わかってるな。各自、持ち場につけ！」

「了解」

三人は同時に答えた。

X時は刻々と迫ってきた。

高みの方角、闇の中に一点の光が灯った。田沢の合図である。

「行け」

沢野がゴーサインを下すと同時に、敏彦が道に飛び出し、缶からオイルを撒いた。

そこへ勾配に引かれて速度を増した片倉の自転車が駆け下って来た。

自転車が最高速度に達したとき、油をたっぷり振り撒いたカーブにさしかかった。

ジャストミート。

接地力を失った自転車に愕然とした片倉は、急ブレーキをかけて転倒し、身体は宙に吹っ飛び、カーブしている道筋からはずれた地上に〝軟着陸〟した。

軟着陸とはいえ、坂を駆け下るスピードの余勢と遠心力を駆って、地上に叩きつけられたので、しばらく身動きできない。

着地点は、沢野があらかじめ予測して布置した砂嚢《サンドバッグ》の上である。命に関わるほどの衝撃ではないと、沢野が計算したポイントが見事に的中したわけである。

「いまだ。打ちのめせ」

間髪を容《い》れぬ沢野の号令と共に、敏彦と小川が、地上に引っくり返された亀《かめ》のようにへたばっている片倉に、弓の折れを振りかざして襲いかかり、打ちのめした。

そこへ駆け下りて来た田沢が加わった。

油を撒いた道の上には速やかに砂囊《サンドバッグ》の砂を振り撒いて修復した。

「もういいだろう。記念撮影をしろ」

沢野に指示されて、ぐったりとナマコのようにのびている片倉から衣服を剝ぎ取り、丸裸にしてカメラを向け、連写した。

片倉は心身両面に強い衝撃を受けて、口もきけない。

「これまできさまが弱い者いじめをしたツケがまわってきたんだよ。今夜のことを一言でも漏らしてみろ。少しでもいじめの気配を感じたら、記念写真をネットにばらまく。あんたが解剖しまくった被害者よりも、すくみ上がっている裸の馬鹿様の姿が全世界にさらけ出される。さぞや見物《みもの》だろうな」

沢野が止めを刺すように言った。

Xデーから数日、片倉は腹痛と称して学校を欠《やす》んだが、ようやく登校して来た彼は、別人のようにおとなしくなった。

片倉を中心としたいじめの構造は自然に解体された。

その後の片倉は、少しでもいじめの気配がすると、いじめられる側に立って弱い者を守るようになった。

学校側は片倉の変身に驚いたが、願ってもない変化であるので、これまでいじめの原因を被害者の性格や、その家庭に問題があるとして、むしろ加害者の責任を否定する姿勢を改め、いじめ問題に対して被害者の立場から積極的に取り組むようになった。

この間、敏彦の両親も、祖母の秋葉陽子も、息子と孫が自殺の崖《がけ》っ縁から沢野に救われて生還した事実を知らなかった。

ただ単純に、学校を嫌い、引きこもりがちであった敏彦が、性格が変わったように明るくなり、何事に対しても積極的な少年になったと思った。

両親はもちろん、秋葉陽子も、その起因を知らぬまま、敏彦の変化を喜んでいる。

沢野は、半生背負ってきた債務を返済したような気がした。

少年時代、敏彦と同じような崖っ縁に立って死を覗《のぞ》いた沢野を救ってくれた秋葉陽子の恩に報いることができた。

今後、敏彦以下三人の少年がどのような人生をたどるかわからないが、どんな難局に向かい合っても、自ら死を選ぶようなことはないであろう。

一つの大きな債務は返済したが、もう一つ大きな荷物が残っている。恩は返した。次はいよいよ復讐《ふくしゅう》である。

黒江信二から受けた屈辱は、単に有形的（肉体的）な暴力だけではなく、精神を蹂躙《じゅうりん》し、切り刻むような拷問であった。

中でも決して時間によって風化しない侮辱は、小便シャワー、女子の見ている前での解剖、さらにトイレの便器舐《な》めであった。

〝三種の刃器〟と称ばれたこのいじめは、精神の虐殺であった。

決して忘れられない、忘れてはならない恨みであり、これを晴らさぬ限り、沢野はたとえ天寿を全うしても、成仏できないとおもっている。

沢野が現役時代にたくわえ、拡大した人脈や情報網を駆使して、黒江のその後の消息はつかんでいる。

一時、広域暴力団北炎会《ほくえんかい》の三次団体の組長として幅を利かしていたが、現在は凋落《ちょうらく》して子分も散り、倉中市《くらなかし》の自宅に逼塞《ひっそく》しているという。

最新の情報によると、多年の不摂生がたたり、病院からも愛想を尽かされ、自宅で寝たきりになっていると聞いている。

急がなければ、復讐する前に孤独死してしまうかもしれない。

秋葉陽子の住んでいる町を去った沢野は、黒江信二が逼塞している倉中市へやって来た。

倉中市は中部地方南部の海に近い小町村が合併して生まれた地方都市であり、市域に中世末期の城下町や、東海道の宿駅や、国府が置かれていた。

市勢は戦前、戦中、戦後にかけて起伏が激しく、人口も増減している。

あたかも黒江の人生の盛衰に呼応しているような街の一隅に、彼の住居はある。

新幹線を豊橋で下り、駅前で車を拾って黒江が逼塞しているという住所へ向かう。

市域には歴史のにおいが濃厚に残っている。

沢野は緊張していた。ようやく不倶戴天《ふぐたいてん》の敵にまみえる機会がきたが、敵は寝たきりであるという。そんな老残の病人を相手に、どんな報復をするというのか。

もしかすると、返り討ちにあうかもしれない強敵とまみえるのであれば、また別の緊張もあろうが、身動きできない老残の敵とあっては、仇討《あだう》ちの気合が薄れてしまう。

沢野は少し焦っていた。黒江の住所は変わっているかもしれない。

この間、秋葉陽子への報恩、三少年の復讐支援に集中《フォーカス》していたので、黒江の現在や、現住所の実地確認まで手が及ばなかった。

古い商店街やショッピングセンターと住宅地が混在しており、学校、社寺が多い。見当をつけた場所で車を捨て、地図を手にして探しまわったが、それらしき家が見当たらない。

何人かの通行人に聞いても、首を振るばかりである。

半ばあきらめかけながらも、路傍のベンチに腰を下ろしていた老人に問うと、

「黒江さんの家なら、この先の社《やしろ》の裏手にあるよ。このところしばらく姿を見かけないが、寝たきりになって、介護の人が週一～二回来ていると聞いたよ。以前は浜松でかなり鳴らしていた人らしい」

とようやく反応があった。

老人におしえられた古刹《こさつ》の裏手にまわると、それらしき家が、社の森に隠れるようにしてあった。

四角の箱を置いたような、窓が少なくて閉鎖的な外観の家は、社の森の陰に包まれて、世捨て人の隠れ家のように見える。

建物もかなり古びている。壁には黒い雨水がしみ込んで陰惨な縞《しま》模様が描かれている。庭は荒れ放題で、生活の痕跡《こんせき》は感じられず、無住の廃屋に見える。

表札は出ていない。門灯、郵便や新聞受け、防犯カメラ、セキュリティ設備もなさそうである。

門柱に辛うじて取り付けられていたブザーを押したが、反応はない。

錆《さ》びついた縦格子の鉄の門扉を押すと、施錠されておらず、ぎぎっと軋《きし》って開いた。

庭樹と雑草が絡まり合っている前庭を通り、厚ぼったい木製のドアの前に立った沢野は、ノックをしたが、これも反応はない。屋内は無人のように静まり返っている。

途上で会った老人が、週一～二回、介護の者が来ているようだと言っていたが、その間に屋内で孤独死したのではないかとおもった。もしそうであれば、復讐が遅すぎたのである。

ドアのハンドルを軽く引いてみると、なんの抵抗もなく開いた。

同時に異臭が鼻をついた。動物の死臭は嗅いだことがあるが、それともちがう、澱《よど》んだ空気に黴《かび》やゴミのにおいが混じったようなにおいである。

「ごめんください」

ドアの隙間《すきま》から半身を入れて屋内に声をかけたが、相変わらず応答も気配もない。

室内は小さな少ない窓から射し込む光によって、薄暗いながらも視認できる。

玄関土間から上がり口を経て廊下が奥につながっている。その廊下には薄い埃《ほこり》がたまっているが、視野に入る限り乱雑ではない。週一～二回来るという介護の者が掃除をしているのであろう。

さして広壮な屋敷でもないので、沢野が玄関口からかけた声は、屋内に住人がいれば聞こえていたはずである。

「どなたもいらっしゃいませんか。私は沢野哲哉と申す者でございます。黒江信二氏にお会いいたしたく、東京からまいりました」

上がり口に立って大声を張り上げたが、依然として反応はない。

沢野は靴を脱いで廊下に上がった。異臭は気にならなくなっている。

中廊下の左右の部屋を覗き込みながら奥へ進んだ。二階はない。

最も奥まった、庭に面する部屋の戸を引いて、沢野は立ち止まった。

十数畳の和室の一隅にベッドが置かれ、老いさらばえ、病み衰えているが、決して忘れられない、忘れることを拒否した黒江信二が、眼前に横たわっていた。

ベッドサイドテーブルの上には、中身が腐っているような飲食物が入っている食器、携帯、ティッシュボックスなどが乱雑に置かれている。

だが、ベッドの主《あるじ》は、もはやそれらに手を伸ばす体力も失われているようである。排泄《はいせつ》用の袋がチューブで身体につながれているが、ほとんど空である。

忘れていた異臭が一際濃厚に圧縮されて、沢野の鼻孔に迫った。

枕許《まくらもと》には、家具のように組み込まれたかなり大きな金色の仏壇が布置されて、中央の仏棚には多数の位牌《いはい》がぎっしりと並べられている。

枕許に、先祖代々のものか、位牌を並べた作りつけの仏壇を配した寝たきり老人の寝室は、かなり迫力のある光景であった。

「介護の方かな」

突然、ベッドから声がかけられた。

ベッドの上の老人は生きていた。一瞬、ぎょっとなりながらも、立ち直った沢野は、その老人が不倶戴天の仇・黒江信二であることを再確認した。

「介護の者ではありませんが……私は……」

名乗ろうとしたとき、黒江のほうから、

「もし泥棒さんなら、好きなものを持って行くといい。警察に訴えるようなことは絶対しないから、安心して持って行きなさい」

とかすれた声で言った。

「いや、泥棒ではない……」

「泥棒でも強盗でも、なんでもいいから、一つお願いがあります」

死期が迫っているらしく、残された生命の力を集めて訴えるように、

「仏壇にお灯明《とうみょう》をあげてください。介護の人があげていってくれた灯明が……消えてしまい……私があげたくても身動きできません」

と言った。

「わかりました」

沢野は奇妙な成り行きにとまどっていた。生涯の仇を報ずるために乗り込んで来た敵の家の仏壇に、灯明あげ役を仇本人から依頼されている。

だが、恨みの的は黒江本人だけであり、その先祖には関係ない。

沢野は黒江に頼まれるまま、消えていた御灯《みとう》をあげた。暗く静まり返っていた仏壇が明るくなった。

灯明からくる明かりを感じ取ったらしく、黒江は、

「……どなたか知りませんが、有り難う。今日、明日にもお迎えが来そうなとき、ただ一つの心残りは、灯明でした。

いままで私は多くの人を殺してきた。命を奪う前に、心を殺してきた。自分で手を下さずに、他人《ひと》の手を借りて……殺したこともあった。仏壇のお位牌はすべて、私が殺した人たちのお位牌です。死に神のお迎えが枕許に来ているいまになって、お灯明をあげても犯した罪は消えませんが、せめてお位牌にお灯明をあげてから逝きたいとおもっていました。

……これでおもい残すことはありません。もしあなたが死に神のお使いであったら……お灯明が消えないうちに……私をあの世へ送ってくだされ」

最後の言葉は聞き取りにくかったが、残った生命力を使い果たしたかのように、黒江から生色が消えていった。

位牌はすべて黒江が「殺した」人間のものだと聞いた沢野は、ぎょっとなって仏壇の中を覗いた。

位牌には〝死者〟の俗名や戒名が記されてあった。

そのうちの一柱《ひとはしら》に、自分の名前を発見した沢野は、凝然となってその場に立ち尽くした。

沢野に死に勝る辱《はずかし》めをあたえた黒江は、その後、悔い改め被害者の位牌をつくり、仏壇に供えて灯明をあげ、謝罪していたのであろう。

いつから位牌をつくり始めたのか不明であるが、かなり古びた家に作りつけた仏壇に安置したその数は、黒江の謝罪が昨日、今日のものではないことを物語っている。

位牌一柱で帳消しにできる屈辱ではないが、沢野の心から、半生たくわえた恨みが消えていた。

「がんばれ。すぐに救急車を呼ぶ」

沢野は半生の仇を報ずる前に、死の坂を転がり落ちようとしている黒江を励ましていた。

「有り難う。どこのどなたか存じませんが、死に際にあなたに会えたことを感謝します……私は悪い人間でした。罪多き人生でした。地獄へ落ちても、最後のお灯明を背負って逝きます。……おさらば……」

そこで言葉が絶えた。

救急車は死体を運んでくれない。医師を呼んでも手遅れである。

だが、仏壇の灯明は黒江の命を引き継いだかのように、仏壇と位牌を明るく照らしている。

どこへ連絡すべきかわからなかったが、とりあえず一一〇番に黒江の死を通報した。

こうして余生のスタートに果たすべきことはすべて果たし終えた沢野は、急に虚《むな》しくなった。

おもえば彼の現役は報恩と報復のための準備期間であったような気がする。

現役時代、会社に対してそれ相応の貢献をしたが、いまおもえば、余生こそ使命や、責任や、義務などの束縛から解放された人間本来の姿であった。

その後半生の第一目的を達して、なにをしてもよい自由と、なにもしなくてもよい自由の大海の前にたたずんで、茫然《ぼうぜん》としているのであろう。あまりに広すぎて、向かうべき方位に迷っている彼の水先案内が、黒江の仏壇にあげた灯明の光のような気がした。

芳《かぐわ》しき共犯者

棟居《むねすえ》は、以前から芭蕉《ばしょう》の『おくのほそ道』に関心を抱いていた。特に新潟から富山、金沢、福井にかけての北国街道に興味を寄せていた。

棟居がこの地域に旅をした季節は五月の末で、日本海は穏やかに凪《な》ぎわたり、水平線のかなたは青い空と溶接している。海沿いの寂しい北国街道も明るい季節の中に華やいで見える。特に街道に軒を連ねる古い家並みや、古刹《こさつ》や、史蹟《しせき》は、あたかもタイムスリップしたかのように幻想的な風景を演出した。

春先の好天日には富山湾に蜃気楼《しんきろう》が現れるというが、この日、蜃気楼は見えなかったものの、海に面した北国街道そのものが美しい幻影のように過去と現在、そして未来をつないでいるように見えた。

酒田までつづいていた門弟や支援者の紹介の橋が途切れた芭蕉は、高弟たちが待っている金沢までの旅程にかなり心細いおもいをしたようである。

酒田から市振《いちぶり》（青海《おうみ》町に編入され、現在は糸魚川《いといがわ》市）までの九日間、実際は十数日、暑さと湿気に悩まされて書けないと素っ気なく一行で片づけている。だが、その間に、芭蕉は全旅程を通しての代表句を次々に詠《よ》んでいる。

　酒田までの下へも置かぬようにもてなされた待遇に比べて、芭蕉の名前もほとんど知られていない北陸路では、追い込み宿すら断られて不快なおもいをしたらしい。

　最大の難所・親不知《おやしらず》を無事に越えて富山に入った芭蕉は、遊女と一つ家に寝た後、いくつもの川を渡って、ひたすら金沢へ急いだ。すでに「天の河」の名句を得ていた芭蕉は、愛《まな》弟子たちが待つ金沢に心を飛ばしていたことであろう。

　だが、棟居は芭蕉がわりあい素っ気なく通過した市振から滑川《なめりかわ》、富山を経て奈呉《なご》の浦から倶利伽《くりか》藍《ら》峠に向かって左折した日本海沿いの芭蕉の杖跡《じょうせき》がつづく北国街道に強く心を惹《ひ》かれていた。

　ちょうど富山市に公用で出張し、急いで帰る必要もなく、富山周辺の芭蕉の杖跡をまわることにした。

　北国街道、加賀藩の宿場町として賑《にぎ》わった古い家並みが軒を揃《そろ》える宿場回廊からスタートして、芭蕉が泊まったと伝えられる徳城寺《とくじょうじ》に立ち寄り、奈呉の浦に面する放生津《ほうじょうづ》八幡宮を経て、加賀藩二代藩主・前田利長が開いたという古い城下町・高岡にまわった。

千本格子や袖壁《そでかべ》のある町家がつづく金屋《かなや》町から国宝瑞龍《ずいりゅう》寺に参詣《さんけい》するまで、足と車を使い分けて史蹟をめぐり歩く間、次第に意識にひっかかってきた女性がいた。同じコースを歩いているので、行く先々で姿を見かける。

年齢は二十代後半、旅中らしくスーツケースを手に持ち、上品なスーツを軽快に着こなした都会的な容姿は、棟居だけではなく、人目を惹《ひ》いていた。いまは亡き恋人、桐子《きりこ》にふと通ずるような表情を見せることも、棟居の気を惹いた。

一見、高級ＯＬのようであるが、ミステリアスな陰翳《いんえい》を含んでおり、さまざまな人間を見慣れているはずの棟居も、その素性がつかめない。

界隈《かいわい》のおおかたの史蹟をめぐり歩き、瑞龍寺の後、最近、大都会では絶滅した、シックでモデストな小さな喫茶店を発見した。

「詩人《ポエト》」と店名を書いた看板は見落としてしまいそうなほどに小さい。棟居はためらわずにカフェのドアを押した。

明るい陽射しの中を歩いて来た目が、店内のほの暗い空間に速やかには順応しない。

店内には高雅なコーヒーの香りが漂い、落ち着いたインテリアのそれぞれの位置をまばらな客が占めている。棟居はコーヒーの香りを嗅いだだけで嬉しくなった。

予想した通り、運ばれて来たコーヒーは香り、味、こく、器、添えられた砂糖やクリームなどと共に、間然するところがない。

高雅な香りと共に、会話に差し支えない程度にバックサウンドが流れている。棟居の好きなイングラム・ジュリアン、カナダの歌手だった。

ようやく目が馴《な》れてきた棟居は、史蹟コース途上、気になっていた女性が店内にいることを知って、はっとした。おもわず合った視線に、女性が黙礼した。彼女も棟居を意識していたようである。だが、まだ言葉を交わすほどには距離が縮まっていない。

喫茶店の客は飲み屋とちがって、それぞれが適当な距離をおいている。距離をおくことが、カフェの客のエチケットなのである。まして、旅先で相互の視野に入った男女は軽々しく言葉を交わさない。

棟居は彼女を気にしながらも、久しぶりにありついた上等なコーヒーにしばしフォーカスして、疲れた足を休めていた。

客は少しずつ交替している。前に来た客が席を立つと、入れ替わりに数人の客が入って来る。グループはいない。彼女も一人旅らしい。

有名観光地と異なり、隠れた史蹟の多いこの地域には、一人の旅行者が多いようである。彼らはいずれも日向《ひなた》のにおいを漂わせて、店内の薄暗い空間に身を沈め、ゆったりとコーヒーを飲み、また旅をつづけて行く。

ふと立ち寄った、その存在を必死に隠しているような喫茶店に、人生の重荷を束《つか》の間下ろして憩うているようである。

店内には落書き帖が置かれ、客が旅の感想などを書き残して行く。

棟居がゆったりとコーヒーを味わっていると、先に来ていた彼女が席から立ち上がった。棟居に黙礼を送ると、スーツケースを手にして店から出て行った。彼女が去った後に、しばし芳《かぐわ》しい残り香が漂った。

彼女が立ち去った後、その位置を占めていた席になにげなく目を向けた棟居はおもわず、

「忘れ物」

と声を発した。一冊の文庫本が、彼女が坐っていた席に置き忘れられている。本の題名は『コールガール』。棟居の知友である作家・北村直樹《きたむらなおき》の話題になった作品である。棟居は咄嗟《とっさ》に文庫本をつかむと、ドアを押して彼女の後を追った。

「忘れ物ですよ」

と声をあげたが、すでに視野の中には彼女の姿はない。どちらへ向かったか方角もわからず、後を追うわけにもいかず、棟居はいったん店内に戻った。まだコーヒー代も払っていない。自分の荷物も残したままである。

本に所有者の名前でも書かれてあるかとおもってページを繰ったが、名前も、身許《みもと》を示す手がかりも書き残されていない。

そのときページの間からはらりと地上に落ちた紙片があった。つまみあげてみると、サービスサイズの印画紙で、一匹の猫が写っている。棟居は、店の者に事情を話し、彼女の名前や住所は知らないかと問うた。

「今日初めてお見えになったお客様です」

店の者は答えた。

棟居は文庫本と一葉の猫の写真を自分が保管することにした。

棟居は彼女が遺留品を取りに引き返して来ないような気がした。旅先ですれちがい、気になった女性が、ただ一つ残した記念品である。

もし彼女が文庫本を取りに引き返して来なければ、その写真もいずれ遺留品の管理者にまわされ、遺留主がわからなければ処分されてしまうであろう。

名前も住所も知らぬまま、旅の途上すれちがった彼女と再会する確率はゼロに近い。いまから追いかけて行っても、もう会えないような気がした。史蹟コースもおおかためぐり終わって、あとは帰京するばかりである。

そのとき懐中の携帯電話が鳴った。本庁からであった。棟居が応答すると、那須《なす》の声が、

「やあ、棟居《ムネ》さんか。帰りはゆっくりと英気を養ってこいなどと調子のいいことを言ったが、一九九号《いちきゅうきゅう》（殺人）が発生した。悪いがすぐに帰って来てくれないか」

と言った。

悠久のいにしえを追う優雅な旅人気分は吹っ飛んだ。血腥《ちなまぐさ》い現場からの呼び出しであった。そして、それが棟居の日常でもある。

「すぐに帰ります」

と応答した棟居の心は、すでに現場に飛んでいた。

帰京してから多忙な日々がつづいた。

事件は、交際していた女性に突然絶縁を言い渡された犯人が、かっとなっての衝動的な犯行であった。彼女を殺害した後、自殺の意思を固めて逃亡したが、各地を転々として死に切れず、金が尽きた佐賀で自首して来た。

長期戦の構えを取っていた捜査本部は、意外に早く事件の解決をみて、少々肩すかしを食ったような気がした。

ささやかな打ち上げ式の席上で、

「こんなに早く解決するなら、棟居《ムネ》さんを慌てて呼び戻すまでもなかったな」

と那須が苦笑した。

「刑事は現場で生きています。現場からナカマ（仲間外れ）にされたら、かえって恨みますよ」

棟居は言い返した。

だが、事件が解決して席の温まる間もなく、次の事件が発生した。

新宿・歌舞伎町のラブホテルで若い女性の変死体が発見された、という通報が一一〇番に飛び込んできた。

発見者はホテルの派遣従業員である。出発予定時間になっても応答がないので部屋の様子を見に行き、死体と遭遇したというわけである。部屋はロックされていなかった。

一一〇番経由の通報を受けた所轄の新宿署から現場に一番乗りをした捜査員が、現場と死体の見分をして他殺死体と断定し、本庁捜査一課に応援を求めたのである。

臨場した棟居は、顔見知りの牛尾《うしお》と顔を合わせた。これまで何度も捜査を共にして、たがいに気心を知り合っている。

「やあ、牛《モー》さん、久しぶりですね」

「事件でもない限り、顔を合わせる機会がない因果な仕事ですが、こんな出会いが我々にはいちばん似合っています」

二人は言葉を交わしながら苦笑した。たまに出会って盃《さかずき》を交わすこともあるが、それも民間外交と称する捜査情報の交換が多い。現場での邂逅《かいこう》が最も多いのも刑事の宿命であろう。

再会の挨拶《あいさつ》も手短に、牛尾が事件発生後の経緯を簡単に伝えた。

被害者は所持品から、石崎《いしざき》いずみ、二十七歳、ＯＬという名目のプロの女性と判明した。

死因は索条《ひも》を首に一周して強く絞め、気道閉鎖による窒息。索溝《さっこう》が首の周りを水平に一周している。顔面は紫色に脹《ふく》れ上がっていて、目に出血が認められる。眼瞼《がんけん》や眼球の結膜に溢血点《いっけつ》があり、絞殺の特徴を呈している。

表面の観察であるが、生前の情交、あるいは死後の姦淫《かんいん》の痕跡《こんせき》は認められない。

死後経過六時間ないし八時間と推定される。

死体の硬直はほぼ全身に広がっている。

現場に抵抗や、金品を物色した痕跡はない。

現場に残されていた被害者のバッグの中には、携帯用の化粧セット、キャッシュカード、約五万円の現金入りの財布、携帯電話、サングラス、ハンカチ、ウエットティッシュペーパーなどが入っていた。現金が手つかずに残されているところをみると、金品目当ての犯行ではなさそうである。

凶器に用いられたとみられる細紐《ほそひも》、帯、綱、ネクタイ、バンド、コードのようなものは遺留されていない。

というものであった。

「被害者がプロの女性となると、まず男の犯行が疑われますが、情交・姦淫の痕跡がないとなると、犯人は女とも考えられますか」

棟居は牛尾の概略説明《ブリーフィング》を受けた後言った。

「女にも可能な犯行です。プロの女性なら、この部屋で客と合流したはずです、犯人が客であれば、情交痕跡があってもおかしくないとおもいます。情交後、代金のことでもめて衝動的に犯行に及んだとも考えられますが、客と情交前にもめたというのもおかしいですね」

牛尾が首をかしげた。

「プロの女性だからといって、相手は必ずしも客とは限らないのではありませんか」

「そうおもいますが、被害者はこのホテルを仕事場としていました。客以外の男と仕事場にしているホテルで合流したとはおもえませんが、男のほうが彼女の仕事場と知って、勝手に押しかけて来た可能性もあります」

「もしそうだとすると、客が浮いてしまいます。彼女が仕事場にしたということは、客と待ち合わせをしていたか、あるいは客から呼ばれたと考えられるのですが」

「来る予定であった客が急に都合が悪くなって来られなくなったという可能性もあります。その隙《すき》に乗じて犯人がやって来たのかもしれない」

「だが、犯人は客がキャンセルになったことを知らなければ、客に発見されるリスクを冒したことになります。それとも被害者が犯人に連絡したのかな」

「それがホテルの電話にも、本人の携帯にも連絡を取り合った記録がないのですよ」

牛尾の言葉に棟居は黙した。

プロの女性が一人で仕事場にしているホテルに来るはずがない。彼女を指名した客が容疑者の最前列に立っているが、客の痕跡が残されていないとなると、不可解な犯行現場となる。

死体は明らかに自殺ではないことを示している。鑑識が犯人の遺留品を求めて綿密に死体と現場の採証活動を始めている。

犯人の遺留品らしきものは発見されない。犯人は手袋をはめ、犯行後、凶器に用いた索条を回収し、微物の一片も残さぬように注意をして現場から逃走したのである。

唯一、被害者の衣服から動物の体毛と推測される毛が微量、採取されただけである。だが、これが犯人の遺留物かどうか不明である。

この界隈のプロの女性はおおかた斡旋機関《デートクラブ》に所属している。店《クラブ》にデート代の四割から五割をおさめて客を斡旋《あっせん》してもらう。高額なピンハネであるが、クラブは女性の安全を保障するために客を選び、仕事中も目を配っている。

女性が客と親しくなってくると、〝直談《じかづけ》〟と称して店を通さず、客と直接会うようになる。直談をされては、クラブはあがったりになるので、所属女性たちに客との直談は厳禁している。だが、デート代全額が女性のものとなるので、直談は止まない。

捜査員は、まず犯人として直談の客を疑ったが、その客の痕跡がまったく残っていないのである。

被害者が所属するデートクラブ「モナリザ」に当たったが、当夜、店《クラブ》を通しての彼女の指名はなかったという。

つまり、直談の客とホテルで待ち合わせていたと考えられるが、矛盾点が多い。

犯行現場となったベルサイユホテルの担当者から事情を聴いたところ、被害者はホテルの常連で、週二回ないし四回、同ホテルを利用していたという。来館の都度、異なる男を同伴し、あるいは男が先着して部屋で合流していた。

「石崎さんが先にチェックインされたのは珍しいことです」

と担当者は言った。

「石崎さんは何時ごろチェックインしたのですか」

「午後十時ごろ、お一人でいらっしゃいました」

「後からだれかが来るとは言いませんでしたか」

「おっしゃいません。私どもには一人で泊まる方はめったにいらっしゃいませんので」

担当者の言葉がホテルの性格を言い表わしている。

「それで、だれが来ましたか」

「すみません。特に注意しておりませんでしたので、どんな人が石崎さんの部屋に行ったかわかりません」

「外来者《ビジター》がホテルの部屋にフリーパスなのですか」

「私どもでは、お部屋でお待ち合わせてのお客様がほとんどなので、先着されたお客様がたいてい後着の方にお部屋番号を連絡されています。それにロビーにある喫茶室だけをご利用する方もいらっしゃいますので」

ホテル一階のロビーに喫茶室が設けられ、そこで待ち合わせているカップルもいるらしい。ラブホテルの敷居がなんとなく高く感じられる客の心理を察して、ロビーに喫茶室を設けて入りやすくしたホテルの知恵である。犯人は喫茶客に紛れて被害者の部屋に入ったかもしれない。

また、従業員と客が直接顔を合わせないように、フロントカウンターにブラインドが下ろされ、キイとホテル代の授受が行えるようになっている。

防犯カメラは設置されているが、死角が多く、カメラに写らぬようにホテルを出入りできる。カメラの位置も客の心理を考慮しているのである。

犯行当夜のカメラの画像が調べられたが、すべてがホテル、あるいは喫茶室の常連と従業員であり、不審な人物は写っていない。

所轄署機動捜査隊、本庁捜査一課、鑑識が出揃い、死体の検視と綿密な現場検証の後、死体は司法解剖に付するために搬出された。

所轄の新宿署にラブホテルＯＬ殺害事件の捜査本部が設置されて、第一回の捜査会議が開かれた。

現場には犯人のものらしき遺留品や指掌紋《ししょうもん》、毛髪、微物等は顕出、採取されなかったところから、綿密に計画した犯行と推測された。

所属していたモナリザも、彼女の住居は知らず、携帯のナンバーが唯一の連絡手段であった。

もっとも同店に所属している女性たちのほとんどが、住所を秘匿している。自分の生活環境の中では売春をしていることを隠しているのであろう。

被害者が若い女性の場合は、動機として、まず異性関係を疑うのが常道である。

被害者の交友関係の唯一の手がかりは、所持品の中にあった携帯電話である。携帯電話にはその所有者の交友関係の情報がたくわえられている。携帯電話はロックされておらず、蓄積されていた所有者の個人情報のほとんどすべてが露出《ディスプレイ》された。

着信履歴、発信記録、メール、保存されていた写真画像、音声メモや伝言メモなど、すべてが再生されて、犯人につながるかもしれない資料として検討された。

かなりの量の個人情報で、一貫した共通項があった。それは情報の関係先のほとんどすべてが男であり、内容はいわゆる〝直談《モナリザ》〟であることである。つまり、情報の一方当事者は被害者の客であり、その例外は所属店との交信だけであった。

「この携帯は被害者のいわゆるビジネス専用ではないのか。彼女のビジネス以外のプライベートな情報はまったく保存されていない」

と那須が、一同が考えたことを代弁した。

「被害者は携帯電話を二機、あるいは三機持っていたのではないでしょうか。最近、複数の携帯を所持している人は珍しくありません。もしかすると被害者《ガイシャ》は業務用と私用に分けた携帯を二機所持しており、犯人は私用の携帯を持ち去ったのではないかと疑われます」

牛尾が発言した。つまり、犯人に関する資料は、私用《プライベート》の携帯の中に保存されていたということになる。一同がうなずいた。

すると、犯人は被害者が携帯を複数所持しており、その用途を厳しく分けていたことを知っていた者ということになる。

GPS機能がついていれば、携帯の所在位置を地図の上で確認できるが、携帯電話の端末機そのものが失われている場合は、そのナンバーによって携帯電話会社に探してもらうことになる。

捜査本部は被害者の持ち去られたと推定される携帯のナンバーを知らない。だが、電話会社ならば、所有者の名前からわかるはずである。

問題は端末機の所在地発見、および過去数ヵ月にわたる通話記録の提供要請が、憲法二十一条で保障される通信の秘密に触れる虞《おそれ》があることである。

一方、憲法三十五条によって、令状による捜索、押収が許され、刑訴法百条や百十一条により、郵便物の押収、および開封を許している。

携帯電話機の所在発見を郵便物の押収に拡大するのは苦しいが、電話会社側があくまで憲法を盾に取れば、憲法が優先される。

被害者の手許にあった携帯と同じ会社の機種であろうと推定して、協力を要請した電話会社は素直に対応してくれたが、被害者が所有していたもう一方の端末機の電源が切られているか、あるいは圏外にあるために所在の発見はできなかった。

また、電話会社には通話歴のデータが残されていないことから、スマートフォンのアプリケーションで通話していたと考えられた。

一方、棟居は再生された資料の中から驚くべきものを発見した。それは保存されていた写真画像の中にあった。画像はおおむね風景や花などであったが、その中に猫がいた。白い毛の中に黒のハートマークが描かれている猫である。

棟居はその猫の画像に記憶があった。出張旅行の途次、立ち寄った喫茶店で一緒になった一人旅の女性が置き忘れた写真の猫と同じ猫である。ハートマークや、鼻の頭に散った黒い紋様など、個性的であり、同一の猫にちがいない。

行きずりの旅の途次、すれちがった女性が遺留した猫の写真が、殺人事件の被害者の携帯に保存されていた画像とぴたりと符合している。これは一体、なにを意味するのか。彼女が遺留した文庫のタイトルが『コールガール』、北村直樹作であることにも、棟居は因縁をおぼえた。

棟居は会議の最中、ひたすら自分の思案を見つめた。

猫を接点として、二人の女性は密接な関わりがあったと考えられる。あるいは被写体の猫は二人の女性のどちらかの飼い猫であったかもしれない。

携帯に保存されていた猫の画像はかなりの点数があるので、被害者の飼い猫である可能性が高い。旅の行きずりの女性は被害者の家を訪問したとき、愛らしい飼い猫にカメラを向けたのかもしれない。

いまはほとんどすべての人間が携帯に組み込まれたカメラを携行している。

「棟居《ムネ》さん、なにを考えているんだね」

近くに居合わせた牛尾に顔を覗《のぞ》き込まれて、棟居ははっと我に返った。

「猫の写真」の一致を告げると、牛尾は顔色を改めて、

「棟居《ムネ》さん、それは凄い手がかりだよ。披瀝《ひれき》したほうがいい」

と勧めた。牛尾に背を押されるようにして提起した棟居の情報は、捜査会議に波紋

を巻き起こした。

「旅先ですれちがった若い女の遺留品に、被害者《ガイシャ》の携帯に保存されていた猫の写真があったとしても、事件と関係があるとは限るまい。被害者《ガイシャ》の人脈であれば、だれでもその飼い猫の写真は撮れるよ。彼女は被害者の交友関係のワン・オブ・ゼムにすぎない」

案の定《じょう》、山路《やまじ》が反駁《はんばく》した。

「しかし、飼い猫をいつも一緒に連れ歩くわけにはいきません。猫は携帯できません。飼い猫を撮影した写真を持っていたということは、被害者とかなり親しい関係にあったとみてもよいのではありませんか」

牛尾が援護射撃をした。猫は携帯できないという牛尾の言葉に、一座から笑いが漏れた。

犯行手口は女性でも可能である。それだけに被害者の身辺に浮かんだ女性の影は、見過ごしにはできない。

第一回捜査会議においては、当面の捜査方針として、
携帯に保存されていた人脈の犯行当夜におけるアリバイ調査。

被害者の住居割り出し。

ホテル従業員、および宿泊、休憩客からの聞き込み捜査。

現場を中心とした被害者の前足（生前の足どり）聞き込み捜査の徹底。

敷鑑《しきかん》（犯行前の被害者と犯人の関係）の捜査（飼い猫の写真を遺留した女性の捜査を含む）。

が決定された。

事件が報道されて間もなく、中野区弥生《やよい》町二丁目の「山吹荘《やまぶきそう》」というアパートの管理人から、被害者は二年前から入居している石崎いずみさん（二十七自称）にまちがいないと通報が入った。

所轄署は生前の居室を捜索した。

まず、携帯に撮影されていた飼い猫が腹をすかして室内に閉じ込められていた。

飼い猫は旅先の女性が遺留した写真の猫と完全に一致した。猫の背景に写っているカーテンや室内の調度も符合して、撮影場所が被害者の自宅の中であることが確認された。

アパート管理人の話によると、約二年前、中野駅前の不動産屋の斡旋で、石崎いずみはOLという触れ込みで入居した。前家賃三ヵ月分プラス保証金等を規定通り支払い、入居後、家賃の滞納はなかった。

訪問者も届け物もなく、郵便物もほとんど来なかったということである。

保証人はいない。

室内は若い女性の居室らしく小綺麗《こぎれい》に整頓《せいとん》されており、隅々まで清掃が行き届いている。

玄関脇の小部屋に猫のトイレが設置されているが、消臭剤が置かれているらしく、異臭はない。猫は腹をすかしてはいたが、それほど痩《や》せていないところを見ると、主《あるじ》が部屋を空けた一夜分の餌《えさ》は前もってあたえられていたようである。

冷蔵庫内には賞味期限内の生鮮食品や乳製品が収納されている。衣類や貴金属、アクセサリー類、また二十万ほどの手許現金、預金通帳、印鑑等は定位置とおもわれる場所に置いてあり、テレビに内蔵されたHDDには映画やプログラムが予約されている。

部屋の主は一夜か二夜、空けた後、帰宅するつもりで家を出たことがわかる。

室内には交友関係を示すアルバム、郵便物、届け物等はない。パソコンも見当たらない。彼女の人脈を示す資料は自宅にもなかった。

被害者のキャビネット・ファイルケースの中に、保険証や診察券などと共に、飼い猫の診察券もあり、名前はハート、かかりつけの獣医らしい花岡《はなおか》動物病院、渋谷区本町二―十一―×と記載されていた。

飼い主は間もなく帰るつもりであったので、飼い猫を動物病院に預けなかったのであろう。

被害者の出身地や家族構成等については、所管の区役所の住民基本台帳や受け持ち交番の巡回連絡カードに記載されているかもしれない。

被害者に前歴はなく、自動車運転免許証も取得していない。

ようやく管轄区役所の住民基本台帳から本籍地の群馬県高崎市が割り出されたが、生家の地方物産店を引き継いだ兄は、妹の不慮の死を知らされてもさして驚きもせず、地方の短大を卒業後、上京して以来まったく音信不通であり、妹のことはそちらで〝適当に処分〟してほしいというつれない対応であった。

渋る相手に遺体の確認を頼み込んだが、犯人に結びつくような情報はなにも得られなかった。

二十歳《はたち》前後で地方都市から東京へ飛び出した女性が、その後どんな道を歩いたか、おおよその想像はできる。

それにしても、東京で自分を切り売りしながら生きてきた七年間に、切り売りの買い手以外に人間関係が見当たらないということは、なんと寂しい人生であろう。

棟居は新宿のラブホテルで息の根を止められた被害者が最期に想いを馳《は》せたのは、郷里の肉親や友人ではなく、彼女の帰りをひたすら待っている猫であったのではないかとおもった。

猫だけが彼女の孤独を癒《いや》す友であり、猫を残しては死んでも死にきれないとおもったであろう。主の命を無法に奪われた飼い猫の先行きをおもって、棟居は暗然となった。

家宅捜索中も、主の姿を探して悲しげに鳴く猫に、犯人を必ず捕らえなければならないと、棟居は心に誓った。

家宅捜索を終えた後、解剖の結果が伝えられた。

剖検によると、

一、死因――他殺。
二、死後経過時間――執刀時より一日ないし一日半。一昨夜午後十一時ごろより約二時間。
三、凶器の種類およびその用法――紐、ネクタイ、帯等の索条で首を一周し、強く引き締め、気道閉鎖による窒息。
四、生前、死後の情交および姦淫痕跡認められず。
参考意見――薬毒物の服用認められず。
その他の参考事項――被害者の衣服に付着していた動物の体毛は猫の毛と認められる。

以上であり、検視の所見とほぼ符合していた。

捜査は立ち上がりから難航した。棟居が旅先ですれちがった女性は、被害者の身辺に浮かび上がってこない。

彼女は被害者の家に訪問して、飼い猫を撮影するほど親しい関係であったのであろう。あるいは飼い主が撮影した写真を旅先の女性にあたえた可能性もあるが、その場合でも、あまり親しくない人間に愛猫の写真を安易にあたえるとはおもえない。

念のために猫の写真から顕出した指紋は、被害者のものではなかった。被害者からもらった確率は低い。

山路は棟居が気にしている旅先の女は、被害者の交友関係のワン・オブ・ゼムにすぎないと言ったが、彼女の存在が棟居の意識にこびりついて離れない。

棟居は自分のこだわりを見つめている間に、ふとおもいだしたことがあった。

旅先の喫茶店ではからずも女性と一緒になったとき、店に備えつけの落書き帖に彼女はなにか書き残していたようであった。視野の片隅にその場面を入れながら、棟居は落書き帖を開くことなく店を出て、彼女の行方を探した。

もしかすると、彼女はその落書き帖に身許を示すような文言《もんごん》を書き残しているかもしれない。

棟居は記憶に残っている旅先の喫茶店の名前からナンバーを調べて、電話した。幸いにマスターは棟居をおぼえていてくれた。

我がほうの素性を明らかにして、彼女と出会った当日の書き込みをファックスしてもらいたいと頼むと、個人情報などというるさいことは言わずに、快く応じてくれた。

もともと落書き帖は店を訪れた客であれば、だれでも覗き込めるものである。

間もなく、その店から該当日に立ち寄った客たちの書き込みが送られてきた。繁盛している店のようで、一日に十数名の客が書き込みをしていたが、ほとんどが旅行地の名所、史蹟や、土産物や味などに関する感想や、セカンドコールしたい、新婚旅行の旅程に組み込みたい、あちこちで買いすぎたお土産物を宅配便に頼んだけれど、口に残る美味《おい》しさをそのまま届けてもらいたいとか、即興の詩歌などが書き連ねてあった。

その中で、棟居の注意を惹きつけた書き込みがあった。

「貴重な人生の休暇。都会の暮らしの汚れを禊《みそ》ぐ旅です。このお店のコーヒーがとても気に入ったので、豆を買いました。コーヒーは孤独な飲み物ですが、次に飲むときは夜明けのコーヒーをあなたと一緒に。香織《かおり》」

と女性らしい繊細な文字で書き込まれている。

棟居はカフェのドアを押したとき嗅いだ高雅なコーヒーの香りをおもいだした。たしかに大都会のカフェでは絶滅したようなコーヒーであった。彼女はその味に魅せられて、店からコーヒーの豆を買い求めたのであろう。

そして、彼女にはそのコーヒーを夜明けに共に飲むべき「あなた《パートナー》」がいるらしい。そんな親しいパートナーがいるのであれば、なぜ一緒に旅に来なかったか。

パートナーの都合が合わなかったのか。あるいはまだ旅を共にするまでの関係に至っていなかったのか。棟居は想像をたくましくした。

「香織」以外の書き込みは、男、あるいはカップルらしい。とすると、棟居がカフェですれちがった女性は、この書き込みの書き手に近いことになる。

「都会の汚れを禊ぐ旅」と書き込んでいるが、汚れるようなことを都会でしているのであろうか。

だれでも旅に出ると心の洗濯をするような気分になる。都会の汚れとは必ずしも汚れるようなことをしていなくとも、都会に暮らす人々の一般的な生活の意識であるかもしれない。

だが、棟居は彼女の書き込みが一般論ではなく、旅中、実感した個人的な印象であるような気がした。

香織が被害者と親しい関係にあったのであれば、被害者同様にプロの女性であったとしても不思議はない。プロの女性としての心身の汚れを旅で禊いでいたとも解釈できる。

この書き込みだけでは、書き手の名前が判明しただけで、身許についてはなにもわからない。「香織」も変名かもしれない。

棟居は彼女が店の「豆を買った」という文言に注目した。彼女には近い将来、夜明けのコーヒーを共に飲むパートナーがいることをほのめかしている。そのパートナーに対する旅の土産として、コーヒー豆を持ち帰ったのであろう。

そのとき棟居は当日の訪問者の「あちこちで買いすぎたお土産物を宅配便に頼んだけれど、口に残る美味しさをそのまま届けてもらいたい」という書き込みをおもいだした。

手に提げていたスーツケースに女性の必携品、化粧セットや香水などが入っていれば、せっかく発見した香り高きコーヒーを壊してしまうかもしれない。

棟居は直ちに「ポエト」に電話をかけて問い合わせた。

応答したポエトのマスターらしい人物にファックスの礼を述べた棟居は、女性の特徴を伝えて、「香織」が気にかけていた女性本人であるかどうかを確認した。

「その方です。東京からいらっしゃったそうで、この辺りではめったに見かけないスタイリッシュな方でした」

とマスターは明快に答えた。スタイリッシュとはいかにもポエトのマスターらしい表現だと棟居は感心した。

「その節、その女性はお宅のコーヒー豆を購入したと書き込んでいますが、彼女自身が持ち帰ったのですか。それとも宅配にしたのですか」

棟居は要点を問うた。

「宅配にされました。せっかくのコーヒーにほかのものの においがつくといけないとおっしゃって」

棟居が藁《わら》にもすがりつくようなおもいで望みを託した問いに、マスターは的確に答えてくれた。

「担当事件の捜査に関わる資料として、香織さんの住所を調べています。彼女が依頼したコーヒーの託送先をおしえていただけませんか」

一拍おいて、マスターは「宅配便の控えがありますので、ファックスします」と答えた。マスターが棟居をおぼえていてくれたので、信用して客の情報を流してくれたのである。

間もなくファックスされてきた宅配便の控えは二通あった。つまり、彼女自身と、たぶんパートナーと推測される男の名前と住所が記載されていた。

ここに旅先の女性の身許と住所が割れた。女性のフルネームは四宮《しのみや》香織、住所は目黒区八雲《やくも》三―十×、「八雲マンション」。パートナーは花岡動物病院、渋谷区本町二―十一―×である。棟居は花岡動物病院の住所に薄い記憶があった。たしか石崎いずみの飼い猫の診察券発行先である動物病院の住所と同じである。念のために照合してみると、ぴたりと一致した。獣医の名前は篠原清彦《しのはらきよひこ》である。

ここに被害者と四宮香織との間には、猫に加えて、篠原という新たな接点が発見された。単なる接点ではない。四宮香織のパートナーとして夜明けのコーヒーを一緒に飲む関係である。棟居は体の芯《しん》から静かに盛り上がってくる興奮をおぼえた。

いまや四宮香織は、山路が言ったように被害者の交友関係のワン・オブ・ゼムではなくなった。四宮香織は石崎いずみと特別な関わりをもっていたにちがいない。

棟居は捜査会議に提議する前に、四宮香織と会うことにした。北陸の史蹟をめぐりながら、何度かすれちがったミステリアスな女性と東京で再会する。それも事件の重要参考人として出会うことに、棟居は少なからず緊張していた。

本来なら、行きずりの旅先で気にかかった女性との再会に心が弾むはずが、担当事件の関係人物として会いに行くことにためらいがある。棟居らしくないためらいであるが、たぶんに私情が捜査に入り込んでいることが、再会をためらわせているのであろう。

公私混同というよりは、私情に公用が割り込んできた感じである。だが、その公用のおかげで彼女の身許が割れたのである。そして、公用以外では彼女に会うべき理由がない。

これが東京の街角での偶然の再会であれば心が弾むのであろうが、担当事件の関係者（重要参考人）として、行きずりの旅の美しい幻影のような女性に会うことが、棟居の心と足を重くした。そのことが一種の緊張となったのである。

棟居は在宅率の高い日曜日の午前を狙って訪問することにした。アポも取らぬ抜き打ち訪問である。

八雲マンションは駒沢《こまざわ》通りから少し折れた閑静な住宅街の中にあった。小綺麗な二階建てのレンタルマンションで、女子学生の寮といった趣である。

四宮香織が在宅しているかわからない。無駄足覚悟の抜き打ち訪問であるが、たとえ在宅していたとしても、若い女性が突然の招かれざる訪問者に素直にドアを開いてくれるかどうか。

正面玄関口にルームナンバーの集合表示板があり、訪問者は訪問先のボタンを押して入居者にドアを開いてもらう仕組《デバイス》みになっている。玄関口の上には防犯カメラが設置されている。

四宮香織のルームナンバーが不明なので、棟居は管理人室のボタンを押した。応答した管理人らしき男に、

「警察の者ですが、四宮さんに少々お会いしたい用件があってまいりました。部屋番号がわからないのですが、ご本人に問い合わせていただけますか」

と言って、棟居は防犯カメラに向かって警察手帳を示した。

「四宮さんなら、いまこちらにいらっしゃいますが」

管理人から意外な返事がきた。管理人室になにかの用事があって来合わせていたのであろう。

「棟居と申します。過日、北陸の旅先で出会った者ですが、その節、ご一緒になった

喫茶店で四宮さんが遺留された本をお届けにあがりました」

棟居はあらかじめ用意しておいた台詞《せりふ》を言った。棟居の声はおそらくドアホンを通して四宮香織の耳に伝わっているであろう。

「ただいま玄関口へいらっしゃるそうです」

管理人が答えた。

待つ間もなく、四宮香織が玄関口に現れた。玄関のガラス戸越しに棟居と顔を合わせると、驚いたような表情をして会釈した。彼女も棟居をおぼえていたらしい。

内側からドアを開いた香織は表情を改めて、

「その節はお世話になりました。まさかここでお会いしようとはおもいませんでした。どうしてここがおわかりになりましたの」

と問うた。旅先の「スタイリッシュな」服装と異なり、素顔に日常の部屋着をまとっただけの飾らない姿が、本来の優れた素質を素直に表現して新鮮な魅力となっている。

「突然お邪魔して申し訳ございません。ご住所だけで連絡手段がなく、失礼は重々承知の上でまいりました」

「それでわざわざ置き忘れたその文庫本を届けに来られたのですか」

香織は棟居が手にした『コールガール』に目を向けた。

「文庫本は口実でございます」

「立ち話もなんですから、よろしかったらお入りくださいませ」

と香織は棟居を自室へ招き入れた。

二階の棟末に位置している香織の部屋は2DKで、若い女性の独り暮らしには十分なスペースがある機能的な構成になっている。室内は工夫された位置に家具が配され、清潔で、いかにも居心地よさそうな住環境になっている。南側の窓に引かれた水玉模様のレースのカーテン越しに緑が覗いているのも風情《ふぜい》がある。

香織は窓に面したリビングのソファーを棟居に勧めると、手際よくコーヒーを淹《い》れた。棟居に記憶のある「ポエト」のコーヒーの香りであった。宅配したコーヒーであろう。

コーヒーの香りと同時に音楽が流れた。ステレオから適度の音量のジュリアンの曲が再生されている。棟居は、はっとして顔を上げた。

「ご記憶におありでしょう。私たちが出会った喫茶店でバックに流れていた曲です。

都会の哀愁があるようで、私、大好きなのです。あの、カフェに立ち寄ったのも、コーヒーの香りと共に、ドアの外に漏れてきたジュリアンに惹かれたのかもしれませんわね」

――私は気がつかなかった
あなたが
私のただ一人の異性であったことを
出会っても気づかなかったあなたを
生まれる前から愛し合う運命《さだめ》を
せめてあなたに告げることを
手を伸ばせば届く
こんなにも近くに
あなたがいたことに
気づかなかった私を
地平線のかなたに
あてどなくさまよった私を

朝靄《あさもや》の中でせめてあなたを抱きしめることを
遠くばかり見つめていた私を
許してください――

と哀愁を帯びたジュリアンの歌が、芳しいコーヒーの香りに乗って流れている。

棟居は香織が淹れてくれたコーヒーを飲みながら、しばしジュリアンに耳を傾けた。

初めて彼女と出会った北陸の風物が棟居の視野によみがえった。

「棟居さんにここで再会しようとは、夢にもおもっていませんでしたわ。文庫は口実とおっしゃいましたが、まさか私が置き忘れた本を届けるためにだけご足労いただいたのではないでしょうね」

香織に言われて、棟居は本来の訪問目的をおもいだした。

「失礼しました。四宮さんに初めて出会った旅先をおもいだしていました。つかぬことをうかがいますが、石崎いずみさんをご存じですか」

棟居は本題に入った。

「はい。以前は住居が近かったので親しくしておりましたが、こちらに越してからは疎遠になっております。報道でつい最近知りましたが、悲しいことで、なんと言ってよいかわかりません」

香織は面《おもて》を曇らせて言った。

「私はあの事件の捜査を担当しております。四宮さんが遺留した本の間にはさまれていた猫の写真と、石崎さんの飼い猫が符合したので、なにか石崎さんのご不幸な事件についてお心当たりがあるかとおもいまして、突然お邪魔した次第です。ご住所はカフェの落書き帖からコーヒーの宅配便を伝って知りました」

棟居は彼女の気分を害さないように言葉を選んで言った。

「さすがは刑事さんですね。実は、あの猫、ハートちゃんは私が野良から採用したのです。石崎さんがとても欲しがったので差し上げました」

「そうでしたか。石崎さんのご不幸な事件については、なにかお心当たりはありませんか。例えば石崎さんを恨んでいたような人間とか、あるいは石崎さんが親しくしていた男性とか……」

「それが、おたがいにプライベートなことについては避けるようにしていましたので、私は石崎さんの交友関係や、どんなことをされているのかまったく知りませんでした。ハートを介して親しくなったので、猫の話しかしませんでした」

「立ち入ったことをおうかがいしますが、コーヒーの託送先の篠原清彦さんも猫のつながりですか。あくまでも捜査の参考としてご了解ください」

「そうです。石崎さんにハートを嫁入りさせる前は、篠原先生がかかりつけでした。石崎さんも引き継いで篠原先生にハートを診てもらっていると言ってました。でも、それだけではありませんわ」

香織は言葉に含みをもたせるように言った。

「それだけではないといいますと……」

「篠原先生とはハートの嫁入り前におつき合いをしていました。元カレです。隠しても棟居さんなら落書き帖の書き込みからお察しでしょう」

香織は謎をかけるような流し目を使った。それはプロの艶色《えんしょく》であった。

棟居は「夜明けのコーヒーをあなたと一緒に飲みたい」という香織の書き込みをおもいだした。「あなた」は篠原清彦のことであろう。

「まことにお尋ねしにくいことですが、もう一つおしえてください」

棟居は最後の質問に入った。

「捜査の参考資料でしょう。なんなりとお尋ねください」

香織は明るく答えた。

「×月××日午後十一時ごろから午前一時ごろにかけて、どちらにおられましたか」

棟居はおもいきって踏み込んだ。この質問で行きずりの旅先のロマンティックな邂逅が木っ端《こ》微塵《ぱみじん》に粉砕されることがわかっていた。だが、刑事たる者、どんなに美しい追憶を破壊しようと避けるわけにはいかない質問であった。

「アリバイですのね。実は当夜、清彦さんと一緒に夜を過ごしていました。渋谷のグランドエンパイアホテルに宿泊記録があるはずですわ」

香織は悪びれずに答えた。

「元カレにまた会ったのですか」

「清彦さん、結婚されるのです。花岡動物病院の院長先生のお嬢さんです。その夜が私たちの最後の夜でした。もちろん夜明けのコーヒーを一緒に飲みましたわ。貧しいOLと結婚するよりも、院長先生のお嬢さんと結婚して病院を引き継いだほうが、清彦さんの将来が大きく開けると判断して、私は身を引いたのです」

棟居は四宮香織の自宅を辞去した。香織はべつに気分を害した様子も見せず、棟居を送り出した。行きずりの旅先の小さな出会いが、このような形の再会になろうとは、棟居自身はもちろん、彼女も夢にもおもわなかったであろう。

だが、香織の供述によって、篠原清彦をはさむ被害者と香織の三角関係が輪郭を露《あらわ》してきた。

しかも、犯行当夜のアリバイは、篠原と香織が共に過ごしていたという、アリバイとしてはなきに等しいものである。二人が共同して石崎いずみを殺害した可能性も考えられる。

二人が共に一夜を明かしたホテルから犯行現場まで、推定犯行時間帯に往復することは十分可能である。

さらに、篠原清彦は花岡動物病院の院長令嬢と婚約が整い、近く挙式の予定であり、交際があった石崎いずみに対して動機がある。いずみが院長令嬢との結婚に異議を唱え、これまでの関係を公にすると恐喝した可能性もある。

棟居の報告に沈滞していた捜査本部は活気づいた。

山路が、

「たしかに篠原には動機が疑われる。だが、逆玉の輿《こし》に乗るために、交際していた女性を整理したとすれば、篠原のアリバイを証言した四宮香織との関係位置がおかしくなる。逆玉の輿の障害となった女を整理するために、やはり関係があった別の女にアリバイ工作を頼むのは矛盾があるのではないか」

と異議を唱えた。

つまり、被害者も四宮香織も、篠原の結婚に際しては整理すべき女性であった。まして、石崎いずみを殺すためにアリバイの証言を頼んだ四宮香織の立場は、被害者以上に強くなってしまう。

山路は前門の虎を退治して、後門に狼《おおかみ》を迎え入れる矛盾を衝《つ》いてきた。

「ご指摘の通りですが、四宮香織は篠原を愛しています。彼女の愛は自分本位ではなく、篠原の身をおもっています。彼の将来のために自分は身を引こうと決意して、篠原のアリバイも証言したのではないかとおもいます」

と棟居は言った。

「女がそんなにおおらかになれるものかね。女に限らず、男女の恋愛沙汰《ざた》はすべて自分中心だよ。愛するということは相手を独占することだ。男の将来をおもって身を引く女は、もはや伝説にすぎない。まして、被害者も四宮香織も海千山千のプロの女なんだろう。金でアリバイを買ったのかもしれないが、味をしめて四宮が第二の石崎いずみになるおそれは大いにあるではないか」

山路は嘲笑《あざわら》った。

両者相譲らなかったが、捜査本部としては篠原清彦を無視できないという大勢になった。ここに篠原の任同要請が決議された。

任同要請に先立ち、篠原が香織と共に一夜を過ごしたというグランドエンパイアホテルに確認したところ、同夜午後十一時、まず篠原が到着《チェックイン》して、午前零時、四宮香織が後着し、翌朝午前九時ごろチェックアウトしたことがわかった。

だが、その間、ホテルを出入りしようとすればできる。出入口もフロントカウンター前を通る正面玄関以外にも、地下の駐車場を含めて、レストランや宴会場、庭園などから通行自在である。

二人がホテル到着後、翌日出発までの間、出入りする姿を見た者はいない。この間、人目を避けて犯行現場を往復することは可能である。

任意同行を要請された篠原は、顕著な反応を見せた。

練馬《ねりま》区内の自宅から出勤しようとした篠原は、捜査員団を率いた棟居に、「石崎いずみさん殺害事件についてお聴きしたいことがありますので、署までご同行願いたい」と言われて、顔色が紙のように白くなった。

新宿署に同行を求められた篠原は少し落ち着きを取り戻して、棟居の質問に知らぬ存ぜぬを通していたが、グランドエンパイアホテルに到着前のアリバイを問われて、篠原は答えられなかった。

解剖による犯行推定時間は午後十一時から午前一時にわたる二時間である。多少の誤差が伴うので、午後十時三十分ごろ、犯行後、直ちに現場から移動すれば、十一時にグランドエンパイアホテルにチェックインすることは可能である。

その点を衝かれた篠原は、ついに屈伏した。

「婚約が整ってから、石崎いずみから恐喝されていました。プロのいずみとは当初、ビジネスとしてつき合っていましたが、いずみが私たちはすでに恋人だから、お金はいらないと言い出して、そのままずるずるつき合っていました。ところが、院長のお嬢さんと縁談が発生してから、いずみが態度を変え、三千万円、慰謝料を払わなければ、これまでのことをすべて院長に報告してやると脅すようになりました。その都度、五万程度の金をあたえてごまかしてきたのですが、婚約が整ってから三千万円、耳を揃えて出せと恐喝しました。とてもそんな大金は私にはありません。

途方に暮れて、いずみを殺す以外にないとおもい定め、当夜、金を渡すからベルサイユホテルで待っているようにと命じたのです。あのホテルにはいずみとは行ったことはありませんが、ホテルの従業員と顔を合わせることなく部屋に出入りできる構造になっていることを知っていて、いずみを先着させ、部屋番号を連絡させて十時半ごろ部屋に行き、いずみの油断を見澄まして一気にネクタイで首を絞めたのです。

いずみが動かなくなったのを見届けて部屋から逃げ出した後、我に返り、大変なことをしてしまったと後悔しました。どうしてよいかわからず、いずみの友人で、私に好意的であった四宮香織さんに相談したところ、直ちにグランドエンパイアホテルに行くようにと指示されました。そこで善後策を相談しようということになって、あとはホテルで四宮さんと落ち合って一夜を共に過ごしたのです。いまになって、いずみには申し訳ないことをしたと後悔しています」

と篠原は自供した。

「石崎さんを殺害した後、凶器に用いたネクタイや、石崎さんがもう一機持っていたと推測される携帯電話を持ち去らなかったか」

と問われた篠原は、

「頭が混乱していて、よくおぼえていません。部屋に残っていなければ、たぶん私が持って来たのだとおもいますが、その後、どのように処分したか、まったく記憶にありません」

と供述した。

篠原の自供によって事件は解決した。だが、捜査本部の打ち上げ後、棟居の意識の中で次第に違和感を増してきたことがあった。

それは解剖による推定犯行時間帯の始点、午後十一時である。篠原の自供によると、彼は香織の指示によって、午後十一時、渋谷のホテルに到着した。香織は篠原より約一時間遅れて午前零時ごろ後着した。二人の間には一時間の差がある。

香織が到着した後、二人の部屋からルームサービスのミッドナイトメニューがオーダーされて、ルームサービス係が部屋に運んで、二人を確認していた。だが、その後、翌朝チェックアウトするまで、彼らがたしかに室内にいたかどうかは不明である。

彼女の自宅から渋谷のホテルまで二、三十分もあれば十分である。篠原が犯行後、途方に暮れて香織に電話をかけたのは十時四十分ごろであるから、香織がホテルに直行すれば、篠原とほぼ同時にチェックインできたはずである。

それが香織の到着は篠原よりも一時間も遅れた。その間、彼女はなにをしていたのか。そこから棟居の想像が走った。篠原を愛していた香織は、彼から救いを求められたとき、篠原を窮地から救わなければならないとおもった。そして、ひとまず篠原を安全地帯に移しておいてから、彼女自身が犯行現場に行ったのではないのか。生まれて初めての殺人で動転していた篠原は、現場に証拠資料を残しているにちがいない。香織は篠原の犯行の後始末をするために現場に行き、そこで意外な光景に接した。

篠原が殺害したとおもい込んだいずみが、息を吹き返したのである。いずみが事実を語れば、篠原は殺人未遂となり、致命的である。篠原を救うために香織はいずみの首の周りに巻きつけられていたネクタイをさらに強く絞め直して止《とど》めを刺した。そのときが午後十一時ごろであった。

解剖の犯行推定時間に誤差はなかったのである。いずみに止めを刺した後、香織は現場を綿密にチェックして、証拠を消去し、凶器のネクタイと被害者のプライベート用携帯を持ち去った。すべて愛する恋人の身をおもってのことである。

だが、証拠はない。すべて棟居の推測にすぎない。彼女はべつに嘘をついているわけではない。犯行当夜、篠原と共に一夜を過ごしている記録がホテルに残されている。偽証したわけでもなく、アリバイ工作に加担したとは決めつけられない。

だが、香織が我が身を共犯者、あるいは主犯の位置に置いて庇《かば》ったにもかかわらず、篠原はあっさりと犯行を自供してしまった。きっと香織は一生、日陰の身となってもよいから、篠原を逆玉の輿に押し上げ、洋々たる未来を開かせたかったのであろう。

香織の篠原に対する愛こそ、自分本人よりも愛する相手の身をおもう純愛だったのであろう。

自分をおもいだしてくれるよすがとして、せめて一夜を共に過ごして、あなたと夜明けのコーヒーを飲みたい。犯行後の朝、彼らは夜明けのコーヒーを共に飲んだ。

——地平線のかなたに
あてどなくさまよった私を

朝靄の中でせめてあなたを抱きしめることを
遠くばかり見つめていた私を
許してください——

とジュリアンの歌のように、彼女は恋人のために汚した手にコーヒーカップを取り上げ、今朝もまたジュリアンの歌に耳を傾けているのであろうか。

棟居は自分の思案を追いながら、無性にコーヒーが飲みたくなった。だが、夜明けのコーヒーを一緒に飲むような愛《いと》しい人たちは、みな去って行った。

コーヒーはしょせん孤独な飲み物であるのかもしれない。孤独であるからこそ、あのように芳しい、そしてどこか深い悲しみを沈めた香りを立てるのであろう。

棟居は、もし休暇が取れたら、四宮香織と出会った北陸路を一人でまわり、喫茶店「ポエト」に立ち寄って、事件解決の糸口となったコーヒーを飲みながら、ジュリアンのバックサウンドを聴き、心の違和感を鎮めようとおもった。

香織は自分が石崎いずみの止めを刺したことを篠原には告げなかったであろう。篠原は自分がいずみを殺したとおもい込んでいる。

篠原が自供したことは、香織の想定外であった。二人で夜明けのコーヒーを共に飲んだことを証明し合えば、篠原にはアリバイがある。たがいのアリバイを支え合うために、どちらが犯人になってもいけない。そのために彼女は篠原と共に夜明けのコーヒーを飲んだのである。

遠い夏

宮越和広《みやこしかずひろ》は、古希を迎えた。

大学を出てから、名の売れた商社を大過なく勤め上げ、定年後、小説を書き始めた。処女作に、花火大会の夜出会った少女との一夜の月見をテーマにして、新人文学賞に応募して当選し、これがベストセラーとなった。

処女作の成功をきっかけに書いた、商社の経験を踏まえた経済小説が評判がよく、固定読者を獲得した。

西鶴《さいかく》の「大晦日《おおみそか》さだめなき世の定哉《かな》」に影響を受けた、大晦日のそれぞれの人生のため息や、除夜の鐘と共に行く年を送り、来る年を迎える人々の一日のドラマを集めた短編集は、シリーズとなり、年末の定期刊行物のように売れた。

年末は人生のため息が濃くなるようであるが、その反動のように、夏はダイナミックに、開放的になる。

宮越は年末を舞台にした人間ドラマで固定読者を獲得したが、個人としては夏が好きであった。

連日の超猛暑には閉口するが、熱い光の氾濫《はんらん》する空に積み上げられた白く輝く雲の峰や、一天にわかにかき曇り、雷鳴と共に天の底が抜けたかのような豪雨が駆け足で去った後に、蘇《よみがえ》った夏の光の真後ろに虹が巨大な弧を描く。

主虹《しゅこう》は、二次三次の副虹《ふくこう》を侍《はべ》らせて、たったいまの豪雨が幻覚のように、地平線のかなたに七色の橋を架《か》けている。

猛暑は駆逐され、爽《さわ》やかな風が吹き抜けていくと、風にさらわれたかのように虹は薄くなっていく。

宮越は、その虹の架橋の袂《たもと》に、遠い夏の想い出が、いまでも生き残っているような気がしてならない。

夏の光を吸い取れるだけ吸い取った積乱雲の頂上には、夏が来る都度、対面しているが、濫費した青春そのもののように崩れていくのも早い。

青春ど真ん中にいたときは、ただ濫費する一方であり、その恩恵に気づかない。

漠然としている未来に、夢と不安を寄せながら虹の橋を渡り、遠方から呼ぶ夢を追う。

虹の袂に追い求めた夢は、過ぎ去ったはるかな想い出に変わる。絶え間なく変形していく雲の峰に濫費した青春を探すようになったのも、いつの間にか重ねた年齢のせいであろうか。

振り返ってみれば、夏の想い出はダイナミックであり、遠い。去年の夏の想い出であっても、過ぎ去ったはるかな追憶の集団の中に溶けている。

海開き、山開きと共に、盆、祭り、花火、帰省などの年中行事が集まり、恋が生まれて消える。

夏の恋は激しいが、夏と同じように脆《もろ》い。そして速やかに遠くなる。

年末をテーマに多くの作品を手がけ、作家としての地歩を築いた宮越であるが、四季のうちで最も夏に惹《ひ》かれる。

四季それぞれの想い出はあっても、夏のように激しく、脆く、異性が絡み、そして遠ざかっていく追憶はない。

古希を迎えた宮越が、遠い夏の想い出に耽《ふけ》るようになったのは、年齢のせいであろうか。

学生時代から現役時代を通して、過去をあまり振り返ることはなかった。常に前方のみを見て走り続けていた。

　車をスピードアップすると運転者の視野が狭くなるように、常に前方を見据えて走っていると、過去を振り返る余裕がなくなる。

　人生が残り少なくなってから、過去を振り返るようになるのは、皮肉な現象である。

　古希を迎えた夏、宮越は、かつて無感動に眺めていた雲の峰に、遠い夏の想い出を探していた。過去を忘れたのではなく、置き去りにしたのである。

　若気の至りで置き去りにしてきた昔（想い出）を「今になすよしもがな」と知りつつも、過ぎし日をさかのぼる旅をしたいとおもった。

　就職して間もなく、勧める人があって結婚した。妻との間にもうけた二人の子供はすでにそれぞれ独立して、孫が生まれている。ささやかな家庭を営み、家族のよき父親であり、夫であった。

　平穏無事な現役を全うして、作家に転業してからも波乱はなかった。

　だが、マイホームに波乱がなかったというだけで、結婚前の青春期には、特に秘匿したわけではないが、妻に話していない追憶がある。

　妻にしても、夫に告げていない過去があるかもしれない。

青春の甘酸っぱい追憶には、必ず異性が関わっている。そして時間の経過と共に、後半生が凝縮してくるにつれて、忘れたはずのはるかな想い出が、心の奥に容積を増してくるのである。

最近、特に密度が濃くなっている想い出が、残照に染められた雲の峰のように、明滅している。あれも遠い夏の夜に彩られた青春の破片であった。

郷里の夏の行事である花火大会を見物に行った宮越は、仲間たちからはぐれて一人河原に座って、打ち上げられる花火を見ていた。

先鋒《せんぽう》のスターマインが開いた巨大な光の傘につづいて、息もつかせず打ち上げられる各種花火は、満天の星空を埋め尽くすかのように紅、緑、青、紫、黄を基本五色にオレンジ、ピンクなどパステルカラーとして加え、天に炸裂《さくれつ》する豪快な音と競演する。

先の光輪が瞼裏《まなうら》に刻まれている間に、次の光輪が花を開く。

見物客から絶え間なく歓声があがり、光と音の渦に加わる。だが宮越独りがうずくまる空間だけは、熱い坩堝《るつぼ》から隔離された一種の暗いカプセルになっている。花火を一人で見物しても侘《わび》しくなる一方であった。

周辺に屯《たむろ》するカップルは仲睦《むつ》まじげに寄り添い、肩を抱き合うようにして見物している。

独り見物の侘しさに耐えきれなくなった宮越は、帰ろうとしかけて、彼の近くに、やはり仲間のグループからはぐれたのか、あるいは先着して連れを待っているのか、独り河原にうずくまって、寂しげに花火見物をしている、ほぼ同年配の若い娘を見かけた。

先方も、宮越が独りぼっちで見物しているのを意識しているらしい。

宮越は、浮かしかけた腰を再び戻して、花火見物をつづけたが、すぐかたわらに腰を下ろしている娘が気になって、花火はあまり目に入らない。

白地に紺の朝顔模様を置いた浴衣がよく似合っている。花火の光彩と共に遠方を見つめている切れ長の目が、謎を含んでいるように見える。

プログラムは進行して、フィナーレの「空中ナイアガラ」が開幕した。河川敷に布置された数基の打ち上げ台から、先駆けの火柱が矢来状に噴き上がる。これを追って光の滝が逆流しながら天上に積み重なり、色光となって、星が埋めているはずの夜空の隅々まで侵略した。

絶頂に達した光の滝は、光の簾《すだれ》を張りめぐらしながら光の幕を下ろしていく。夜空に星の陣形が改めて存在主張を始めた。花火大会は終わった。

ぞろぞろと帰途につく観衆に混ざって、二人は、なんとなく最初から一緒に来たかのように連れ立って歩いていた。

どうやら彼女にも待っている連れはいないようである。

気がつくと、それまで遠慮していたような満月が空にかかっている。

河原に蝟集《いしゅう》していた見物客は帰路にばらけて、人影がまばらになっている。

「お月さまがきれい」

娘が独りごちるように言った。

宮越は改めて視線を空へ向けた。

花火に消されていた月光が出番を得たように、満天に鏤《ちりば》められた星を圧倒して、粲々《さんさん》と弾んでいる。

つい少し前まで見物客で埋まっていた河川敷に、月光を砕いて瀬音も高く川は流れている。

「きれいですね。家に帰るのがもったいないくらいだ」

宮越は、女性を誘う意思もなく、無意識につぶやいた。

「私も。こんなに美しい河原を独り占めにしたのは初めて。本当に帰るのがもったいないわ」

「二人占めですよ」

同調した宮越の言葉が、どちらからともなく誘い合う形となって、川岸の砂の上に腰を下ろした。瀬音が一段と高くなった。

肩を並べて寄り添うように座った二人は、月の方角に視線を放散した。べつに月見をしているわけでもない。帰宅するには惜しい、月明の夜を共有しているだけである。

初めて出会った、たがいに名前も住所も知らない二人である。だが、運命の出会いというほどの邂逅《かいこう》ではないが、縁《えにし》を感じさせる出会いであった。

花火の夜、友人たちとはぐれてしまった二人が、さり気なく連れ添うようにして、河原で二人だけの月見をしている。そんなロマンチックな出会いに、二人は感動していた。

深刻な会話はなにも交わしていない。面白い話題《テーマ》を提供し合ったわけでもない。とりとめない会話が終わって、言葉が途切れたときは月を見ている。

たがいに好意を抱き合わなければ、これまで未知の他人《エトランジェ》であった二人が、寄り添うようにして河原に座り、月見をするはずがない。

出会った男女が、最も発展しやすい絶好のチャンスを、手も握り合わず、唇も重ねることなく、浪費している。

それでいながら、彼らはすでに、十年来の知己のように解け合っていた。宮越が求めれば、すべてを許しそうな雰囲気と環境にあって、宮越はなんの行動も起こさなかった。

遠慮したわけでもなく、たがいの体温が通い合うような接近を、彼女は決して拒んでいない。

二人共に、ただこの一夜の出会いに陶酔していて、未知の男女が踏むべき手続《プロセス》きを忘れているのである。

涼しい風が川面《かわも》を渡り、火照《ほて》った心身を冷やしてくれた。

彼女の浴衣の裾が風にはためき、形のよい脚線が目にまぶしい。恥ずかしげに裾を押さえた彼女は、

「いつの間にか、月があんなに傾いているわ」

と言った。

花火の終わったとき、天心に占位していた月が地平線に近づいている。東の方の空には黎明《れいめい》が揺れている。

「あら、もう夜が明けそうだわ」

彼女が驚いたように言った。

月光に代わって、川面から川霧が立ちのぼり、ものみなの輪郭が朧《おぼろ》に烟《けむ》っている。

宮越は、花火見物の帰途、メルヘンの世界に迷い込んだような気がした。河原の砂地に腰を下ろして共に月見をした少女も、幻覚であるのかもしれない。

二人は川霧に包まれて立ち上がり、町の方角へ向かう道の分岐点で左右に別れた。太陽はまだ昇らないが、視野は明るくなっている。

少年と少女、童貞と処女が出会って、愛し合ったとしても、相手の肉体を愛することなど、論外である。二人は恋を恋したのであって、恋愛のゴールである肉体は、宗教における、内陣に奉られた本尊のようなものである。

恋を宗教と仮定すれば、本尊に触れることなど、不敬の至りである。本尊やご神体から遠く離れた山門、あるいは山門の直前で、本尊やご神体を奉じて、信心という行為に自らを捧《ささ》げるのである。

叶《かな》わぬ恋が本物の恋であり、達成された恋は恋ではなく、性愛になる。処女と童貞の出会いは、恋を恋するだけで結ばれない。恋の切なさがあり、成熟した性愛とは異質の純愛がある。

そこに初恋と恋愛のちがいがあり、恋であるがゆえに切ない想いが長くつづく。

「さようなら。とても楽しかったわ。ありがとう」

分去《わかさ》れ（分岐点）で少女は言った。

「こちらこそ。とても楽しかった」

宮越も同じような言葉を返した。

そんなありきたりな別辞よりも、もっと重要な言葉があるのではないのか、と、宮越がためらっている間に、少女は揺れ始めた朝霧の奥に消えていた。

せめて名前と住所を聞いておけばよかったと悔やんだときは、薄くなった朝霧のかなたに、少女の姿は見えなくなっている。

体温を感じ合うほどに寄り添って、一夜を共に過ごした彼女の名前も住所も聞かずに別れた自分が、抜けていたのではない。やはり一夜の幻影にすぎなかったのだ、と、宮越は自問自答した。

　幻影でなければ、狭い町であるので、いずれ再会する機会があるかもしれないと自らを慰めたが、その後、大学を卒業し、就職して離郷するまで、幻の少女と再会することはなかった。

　やはり幻影であったかと自分に言い聞かせても、夏が巡り来る都度、少女の面影を想い出す。

　いまはその面影の記憶も定かではなくなっているが、あの一夜の想い出が心を組み立てる大切な部分《ピース》の一つのように忘れられない。

　花火の夜から、すでに五十年弱、経過している。あの幻の少女が実在していれば、孫に囲まれて幸せな余生を送っているであろう。

　実在人物は高齢化しているが、追憶は永遠に若い。そして、夏が遠くなっていく。

　少女と共有した想い出は昨年の夏のようであるが、夏という季節だけが、遠い過去に隔てられている。

　老境に入り、人生が煮詰まってくるほどに、若き日の想い出が、遠い夏の日の幻影のようによみがえる。

爛漫《らんまん》たる春色は新緑に塗り替えられ、青く染まった風が、夏の先触れとして爽やかに吹き渡るころ、宮越は一通の手紙を、出版社を経由して受け取った。

差出人は福村志織《ふくむらしおり》、女性の繊細な筆跡で、表書きには宮越和広先生と記されている。差出人には、まったく心当たりがない。

便箋《びんせん》には、次のような文言がしたためられていた。

「突然、未知の者からお便りする失礼を、お許しください。

先生のお名前とお噂《うわさ》は、母から何度も聞いております。母は先年、他界いたしましたが、臨終のとき、命ある間にせめて一目、先生にお会いしたかったと申しておりました。

母の旧姓は福村、名前は美乃里《みのり》と申します。

母の死後、おそらく先生のご記憶にない母について、お手紙を差し上げるのはご迷惑をおかけするのではないかと、おもい悩みましたが、先生のことを五十年近くも想いつづけた母の心情を、せめて先生にお伝えしたいと、おもいきって、お手紙を差し上げました。

先生はお忘れかとおもいますが、母は十八歳のとき、郷里の花火大会の夜、友人たちとはぐれて、先生と偶然ご一緒になりました。花火の後、夜が明けるまで、河原でお月見をした想い出を母は生涯の宝物として、心の奥に大切にしまっていました。

　母はその後、ずいぶん先生をお探ししたようですが、消息も得られず、勧める人があって、あまり気乗りのしない結婚をしました。

　母は結婚した後も、先生のことが忘れられず、胸に秘めていたのですが、病を得て、医師から余命わずかであることを宣告されて、私に、先生への想いを語りました。

　先生の消息を知ったのは十年ほど前、先生の第一作を目にしたときだそうです。

　先生はその第一作に、母とのお月見のことを、さり気なく触れておられ、先生の写真を見て、母は結婚後も慕いつづけていた、ただ一人の人であることを確信したと言いました。

　花火大会の夜に出会った行きずりの女性を、先生が忘れず、その所在を探すはずがない、と、母はおもっていたようです。

　臨終の床で、せめて一目でいいからお会いしたかったと言い残したのが、最期の言葉になりました。

　はなはだご迷惑とは存じますが、母は少女のころから死去するまで、生涯を通して先生をお慕いつづけたことをお伝えいたしたく、ご無礼の段、お許しくださいませ。かしこ。福村志織」

手紙はそこで終わっていた。

宮越は、諳《そらん》じるほどに文言を読み返し、深い感動に包まれた。そして、呆然《ぼうぜん》となった。

差出人の母親は、紛れもなく花火大会の夜の少女である。その少女が、すでにこの世の人間ではないと知って、宮越は虚脱したようになった。

差出人の文言では、夫についてはなにも触れていない。彼女が結婚した相手は、おそらく差出人の父親であろう。気乗りのしない結婚によって生まれた差出人は、なぜ父親について一言も触れなかったのか。しかも、母娘共に旧姓を名乗っている。

宮越は、夫婦、親娘《おやこ》の間に、なにか確執があったのではないかと考えた。そうでなければ、少女が結婚後も、花火大会の夜に出会った行きずりの男に生涯かけた愛を、心に抱きつづけるはずがない。

父親がもし、妻が慕いつづけている宮越の存在を知れば、面白かろうはずがない。娘は、手紙から推測して、母親びいきであった。そうでなければ、父を傷つけるような手紙を宮越に送らないであろう。

手紙を繰り返し読んだ後、宮越は、かつての少女の墓参りをしたいとおもった。

宮越は差出人に返書を送った。

「お手紙、慎んで拝読しました。

ご母堂のご訃報に接して、驚きのあまり、追悼の言葉もございません。

ご母堂のお言葉の通り、私も若き日、ご母堂と花火大会の一夜を共有した青春の想い出を、心の奥に大切にしまってまいりました。

その後ほぼ半世紀、再会の機会もなく、今日に至り、幽明界《さかい》を異《こと》にして、痛恨の極みであります。

花火大会の一夜は、私にとりましても生涯忘れることのできない青春の想い出であり、生涯の宝物として、心の最も大切な位置に祀《まつ》っております。

もはやご母堂にはこの世でお会いできませんが、せめて墓前に詣《もう》で、ご慰霊させていただきたいと存じます。

ご迷惑とは存じますが、ご母堂の貴重な青春の共有者として、幽明相《あい》別れての五十年ぶりの再会をお許しいただきたく、お願い申し上げます。

日取りはあなたさまにお任せいたしますので、何日か候補日を挙げていただければ幸いにございます」

以上の返書を投函して、数日後、

「ご返書、有り難く、恐縮におもいます。

亡き母も、あちらでさぞや喜ぶことでございましょう。

母の墓地は都下M市の郊外にございます。

私はどうせ閑《ひま》な体ですので、先生のご都合に合わせます。日時と場所をご指定いただければ、私がお迎えに参上いたします」

こうして、手紙のやり取りの後、宮越と福村志織は指定の場所で会った。

宮越は一目、志織を見て、愕然《がくぜん》とした。かつての少女が、二十代後半と見える若い女性に成長して、目の前に現れたとおもった。切れ長の少し寂しげな目、謎を秘めたような陰翳《いんえい》を含んだマスクは、宮越の脳裡《のうり》に刻まれた少女の面影と完全に重なった。

「先生にお目にかかれて、母は喜んでいます。亡き母の霊が、私の心に再会の喜びを伝えていますわ」

初対面の挨拶《あいさつ》は省いて、志織は言った。

声音《こわね》も、宮越の耳に残っている少女の声と完全に重なっている。

宮越は、見事に成長した少女と再会しているような気がした。宮越自身も、彼女と同じ年齢に若返ったような錯覚を持った。

錯覚ではなく、少女自身が、目の前にいる娘の心身に憑《の》り依《うつ》って現れたのだとおもった。

「先生、母と私を重ねているのではありませんか」

志織が問うた。

「母上その人がよみがえってこられたようにおもいます」

「母が妬《や》いているかもしれませんわ」

志織は補足するように言った。

「母上その人のように見えます」

「母を知っている昔の方は、ほとんど生き写しだとおっしゃってくださいます。私も母の若いころの写真を見ると、そのようにおもいます。母の血を受け継いで、よかったとおもいます」

その言葉は、あたかも父の血を受け継がないでよかったと言っているように聞こえた。

宮越は、母・父・志織の間に隠されている痼《しこり》を意識した。

宮越は、志織に、都下M市郊外にある母親の墓前に案内された。

参道には桜並木がつづき、墓地は樹林に囲まれた明るい台地に位置して、公園のイメージである。そして、イメージの通り、公園墓地と称《よ》ばれている。

その一隅に、美乃里の真新しい墓碑があった。

墓石の一隅に「××年×月×日　福村志織建之《これをたつ》」の碑文が刻まれている。

墓碑に刻まれた美乃里の俗名は旧姓である。墓の建立《こんりゅう》者も母の旧姓を用いている。

「母は生前、墓碑には旧姓を刻むように、と、私に遺言しました」

宮越は、離婚したのかと聞こうとして言葉を呑み込んだ。死後は夫の姓を名乗りたくなかったので、旧姓を墓碑に刻んだのであろう。

「私も戸籍上、母の旧姓に改めようとおもっています」

志織が補足するように言った。

母が改姓を求めたからといって、娘が母の旧姓に改める必要はない。

つまり、志織は父親を嫌っていることになる。なぜか。父親にしてみれば、妻と娘から戸籍上、置き去りにされた形になる。

「実は、母は獄死したのです」

志織は突然、宮越を愕然とさせる言葉を発した。

一瞬、宮越は我が耳を疑った。

「母は服役中、発病して、医療刑務所病院で死去したのです」

「母上は、なぜ服役されていたのですか」

宮越はようやく言葉を押し出した。

「あの男は、人間ではありません。人間の形をした野獣であり、悪魔です」

「あの男……?」

「私の父親です。父親とはおもっていませんが、母の生前の夫であり、私は父の血を半分受けておりわます。私は、その事実を悔しく、恥ずかしくおもっています。せめて半分の母の血を大切にしたいとおもいます。

私の体には不倶戴天《ふぐたいてん》の仇《かたき》同士が同居して、争っているのです」

「お父上が野獣であり、悪魔であったとは……」

「勧める人があって、母はあまり乗り気ではない結婚をしたのです。そのせいもあったのでしょうか、長らく子に恵まれず、ようやく私が生まれ、親子三人の普通《ノーマル》の家庭でしたが、私が物心つくころから、あの男は本性をあらわし始めました。

ある中小不動産会社の経理係をしていたあの男は見栄っぱりで、分不相応に恰好《かっこう》をつけて遊び歩き、賭《かけ》ゴルフや競馬にはまり、会社の金に手をつけました。

そのことが露顕して会社をクビになっても生活態度を変えず、家族に暴力を振るうようになったのです。なにか気に入らないことがあると、母が用意した食事を卓袱台《ちゃぶだい》ごと引っくり返し、幼かった私が泣きだすと、殴る蹴《け》るの暴行を加えました。

母が身をもって私を庇《かば》うと、暴力が母に向けられ、手足を使っての暴力に疲れると、母の髪を摑《つか》んで部屋中を引きずりまわしたりしました。

母は、私を守るために歯を食いしばって獣《けだもの》の暴力に耐えていました。そんな母親を支えたのは、先生との夏の夜の想い出でした。そして……」

そこまで途切れ途切れに語った志織は、絶句した。

宮越は、「そして……」の先をおおかた推測できた。彼女は娘、すなわち志織を守るため、夫に対してなんらかの行為に出たのであろう。その行為を罪に問われて服役中、発病した。

だが宮越は、自分の推測を口にできなかった。

遠い夏の一夜、月光を浴びながら語り明かした幻の恋人が、そのような凄《すさ》まじい人生の修羅を潜《くぐ》って、死んだとは……。

彼女が服役しなければならないような行為とは、どんな行為か。

宮越は、父親、夫、いや野獣の現在を問いたかったが、喉元《のどもと》に抑えた。

修羅の人生における彼女の唯一の救いが、あの夏の一夜であったと聞いて、宮越は自分の怠慢を恥じた。なぜ、もっと真剣に彼女の所在を探さなかったか。

決して大きな町ではない。郷里のあらゆる伝《つて》をたどって探せば、もっと早く彼女と出会えたかもしれない。

美しい青春の幻影をさっさとあきらめて離郷し、今日に至る人生コースを歩いて来た。

もし、もっと早く彼女と再会していれば、別の人生コースになったかもしれない。

宮越は自分が選んだコースを悔やんでいるわけではない。まずは大過なき平凡な日常を積み重ねての、いまの自分がいる。

だが、少女との月明の一夜を遠き夏の忘れがたい想い出として、懐かしくおもうだけで、彼女のように真剣ではなかった。

彼女が宮越との出会いを、全人生を通して最も大切な宝として心の奥に秘蔵していたのに対して、宮越は青春の美しい幻の一つとして葛籠《つづら》の奥にしまい込み、鍵をかけていた。

彼女に対して、もっと真摯《しんし》な対応ができたはずなのに、しなかった。そのことを申し訳ないとおもった。

「母が喜んでいます」

志織は言った。

香華《こうげ》の煙が墓前にたなびき、捧げた花束が揺れている。宮越の目に墓石が少し動いたように見えた。

「私も、母の遺言に応えることができて嬉しいです。母はこの日をどんなにか待ち望んでいたでしょう。母は生前、私の墓を建てるな、郷里の河原に散骨してほしい、と申しました。

でも、私がその言葉に反対すると、もし墓石を建てるなら、碑銘は旧姓にするように、と申したのです。

散骨しなくて、本当によかったわ。本人はそれできれいさっぱりするかもしれませんが、残された者は、故人を偲《しの》ぶよすがを失ってしまいます。墓所は死者と生者が交流するサロンです。私には母の姿が見えます。それは先生と出会った五十年前の少女の姿に戻った母……」

志織の言葉と共に、彼女と少女の面影が宮越の瞼裏に完全に重なった。

その日、棟居《むねすえ》は自宅から現場へ呼び出された。S区内の住宅街で殺人事件が発生、被害者は新田弘造《にったこうぞう》、犯人は被害者の妻美乃里であり、殺害後、自ら一一〇番に通報してきた。一一〇番経由で通報を受け、所轄署の捜査員が現場に一番乗りして、その場に留《とど》まっていた犯人を取り調べた。

その供述によると、

――日ごろ夫から凄まじい家庭内暴力を受けていた犯人が、本人自身と娘を守るために、泥酔して眠りこけている夫の頭を、銅製の置物を凶器に用いて頭部を打撃し、被害者を即死同然に殺害した後、止《とど》めを刺すために、出刃包丁で後背部から数度にわたり刺突した——

というものである。

凶器に用いられた置物と出刃包丁いずれもから、犯人の指紋が顕出された。

犯人の自供を裏書きするように、犯人とその娘の身体に、打撲傷や青痣《あおあざ》が視認された。

また、犯人の上膊《じょうはく》部と顔の一部には、明らかに火傷《やけど》による瘢痕《ひきつれ》が認められた。

被害者による家庭内暴力《DV》は継続的に行われていたと見られる。

犯行後、自ら通報（自首）した犯人は、逃げも隠れもせず、犯行を認めた。

臨場した棟居は、加害者の行為は正当防衛の範囲に入るのではないかとおもったが、司法解剖の所見によると、置物を凶器として用いた頭部打撃により、頭蓋骨《ずがいこつ》が粉砕され、即死に近い状態で死亡したと鑑定される前後に、後背部から何度も出刃包丁を使って止めを刺した。その残酷な殺害手口から、正当防衛から過剰防衛を超えて、「殺人」と確定されたのである。

棟居は、犯人の有罪確定について疑問におもったことがあった。それは、置物を凶器に用いての頭部打撃と出刃包丁による後背部刺突の順序は不明である、という解剖の参考意見である。

だが、臨場した捜査員たちは、まず置物で頭部を殴打して運動能力を不能にした後、出刃包丁による止めという意見が支配的であった。確かに「止めを刺す」には出刃包丁のほうが格好の凶器である。

参考意見によれば、出刃包丁の後、置物で頭部に打撃を加えた可能性も考えられる。どちらが前後であっても、犯人の有罪は確定しているが、出刃包丁が先行していると仮定すれば、被害者はまだ行動能力を残していた可能性がある。解剖によれば、後背部の刺傷は、急所を外れている。

そこまで思案を進めた棟居は、はっとした。被害者から家庭内暴力を受けていた者は、妻と娘の二人がいる。つまり、本件の犯行は、二人の共犯によるものではないのか。

まず、母親に対して暴力を加えていた父親を、母を救おうとした娘が、背後から出刃包丁で刺突した。怒った父親が振り返って、娘に手を出そうとしたのを、母親が手近にあった置物を手に取り、夫の頭部に振り下ろした。

が、考えられる。

母と娘が協力して、日ごろ暴力を振るう夫であり父である被害者を殺害した可能性

母、娘、いずれが犯行を先行したとしても、母が娘を犯罪者にさせぬために罪を一人で背負ったかもしれない。夫殺害後、母は置物と出刃包丁の娘の指紋を消して、自分の指紋を捺《お》した。子を庇う親の心情として十分あり得る。どちらにしても判決は確定し、犯人は服役した。

そして獄中で病を得て死んだ。母親がすべての罪を背負って娘を守ったのである。

事件は落着した。

棟居は胸に兆《きざ》した疑惑を、胸中にたたみ込んだ。

宮越和広は、志織に導かれて、美乃里の墓参をした後、幽明界を異にした再会を一篇の小説にまとめた。

題名は『遠い夏』。

胸の奥に秘蔵していた遠い夏の一夜限りの出会いを、半世紀を経て、渾身《こんしん》の力を込

めて一篇の作品に再現した。

反響は大きく、

「青春は生涯を通して最も貴重な燃焼である」

「青春は無限の未知数に満ちており、未知の濫費なき青春は、青春ではない」

「一期一会《いちごいちえ》の行きずりの恋が、生涯を通して最も貴重な出会いであったことを教えてくれた」

「半世紀を経た遠い青春を、いまさら遡行《そこう》したくないが、そんな青春を持った人間に限りない羨望《せんぼう》を覚える」

「過去は二度と繰り返したくない失敗や経験がぎっしりとパックされているが、五十年前の行きずりの出会いなど最も忘れてしまいたい過去であると同時に、その過去から別の人生の方位を選んでみたい、という誘惑をそそられる」

「夏の想い出は確かに遠いが、それだけに、無責任で放埒《ほうらつ》であり、ダイナミックな感傷がある」

「夏が嫌いだと言う人間は、真面目で堅実であり、信頼できる。だが、私は夏が嫌いになるような人生を送りたくない」

「青春と夏ほど、こんなに相性のよいものはない。同時に、こんな危険な化合はない。そして加齢と共に、危険な化合元素は減っていく」

さまざまな評価や評言や、読者の言葉が寄せられた。


そんな時期、宮越に意外な訪問者があった。なんの前触れもなく現れた訪問者は、無礼を詫《わ》びて、警視庁捜査一課の棟居と名乗った。

「ご多忙のところを突然お邪魔いたしまして、申し訳ございません。私は、先生の作品の、かねてよりのファンでございます。この度、先生の最新作『遠い夏』を拝読して、いたく感動いたしました」

作家に初顔合わせする者のほとんどは愛読者と自己紹介するが、捜査一課の刑事から愛読者と名乗られたのは初めてである。

太陽の光を十分に染み込ませたような精悍《せいかん》なマスク、鋭い眼光は、いかにも辣腕《らつわん》の刑事のサンプルのようであるが、笑った表情は柔和で、温かい雰囲気に包まれる。

「ご多忙の御身であられますので、手短に申し上げます。先生は『遠い夏』の中で、夫のＤＶに耐えかねた妻が、娘を守るために夫を殺害した、現実の事件をさりげなくモデルにして事件とは無関係と断わり——妻と娘が協力して、凶暴な夫を殺した可能性を推測すると同時に、置物と出刃包丁、二器の使用順序を、捜査陣とは逆に推測しておられます。まことに烔眼《けいがん》だとおもいます。

つきましては、その論拠をお伺いいたしたく、無礼を承知で、お邪魔いたした次第です」

と、棟居は言った。穏やかになった眼光が再び鋭くなっている。

「恐れ入ります。素人《しろうと》の憶測にすぎませんが、単純に使用順序を逆転してみただけです。特に論拠などはありません」

「使用順序を逆転すれば当然、共犯者の行為順序も逆転しますね」

「そういうことになりますが、犯人は母親と確定しています」

「判決が確定したのであって、推論は自由に展開できます。私も先生と同じに、娘が先に出刃包丁を用いて父親を刺突し、その後、母親が置物で止めを刺したのではないかと疑ったのですが……」

棟居が語尾を濁らせて、宮越の顔色を探るように見た。

「棟居さん、作品には書きませんでしたが、もしかして、あなたも私と同じ第三の推測を胸に秘めているのではありませんか」

宮越は、おもいきって問うた。推測だけで、触れてはならない人間の運命にかかわる急所である。

「実は私も、先生が第三の推理をしながら、あえて作品から外したとおもいました」

「仮にそうだとして、我々二人、同一の推理を確認して、どうなさるおつもりですか」

「どうもしません。すでに判決は確定し、犯人は獄中病死しております。ただ、先生の作品から外した、第三の推理を聞きたかっただけです。そこにこそ先生の遠い夏の青春の心が凝縮しているように感じたのです」

棟居の視線が、あたかも五十年前を見ているように遠くなった。

「恐れ入りました。お察しの通りです。この推理は、我々二人の胸の奥に秘蔵してください。私は、被害者すなわち父親を殺害したのは母親ではなく、娘の志織さん単独の犯行ではないかと推測しました。乱酔した父親を殺害するのは、志織さん一人でも十分可能な犯行です。それを母親は、洋々たる前途のある志織さんの身代わりになって、罪を背負ったのではないかと考えたのです。

すでに母親は自分の余生が限られていることを察知していたのかもしれません。察知せずとも、無限の未知数を持った娘のために、老いた母親は一身を提供したのかもしれません。

棟居さん以下捜査陣も、このことを察知しながら、あえて母親の献身を容認したのではありませんか。いや、それこそ私の素人推理にすぎませんが、法律も人間がつくったものであれば、人間の血が通う温かさがあってもよいとおもいます」

「恐れ入ります。我々の使命は、真実の発見と正義の実現にあります。そして正義は真実に含まれます。発見された真実を裁くのは、我々ではありません。法に託します。

そして、法が裁いた結果が真実として定着していきます。仮に、もう一つの真実があったとしても、すでに確定した真実を、我々は覆《くつがえ》しません。真実は一つでなければいけないのです」

「志織さんは、母の〝代行死〟を無駄にしないために、もう一つの真実を必死に秘匿したのではありませんか」

「先生は作家です。もう一つの真実を創作する自由があります。

あえて、もう一つの真実を作品から外したのは、先生の青春に捧げたオマージュ

（尊信）ではないかとおもいます。私もファンとして、先生の青春のオマージュに共感しております。実は、その共感を先生に伝えたく、まかり越した次第です。

今後も素晴らしい作品を発表されて、我々読者を楽しませてください。先生の貴重なお時間を奪い、申し訳ありませんでした」

と、結んで、棟居は辞去した。

棟居が帰った後、宮越は安堵《あんど》の吐息と共に、しばし棟居の来意の余韻に浸っていた。血腥《ちなまぐさ》い現場から現場へと渡り歩いて、世の中の悪を追及している棟居も、遠い夏の青春を持っているにちがいない。

いまや、一匹の野獣を殺した真犯人を詮議《せんぎ》する必要はない。母が前途ある娘を救うために人柱に立ったとしても、それが彼女の人生の真実である。母を守るために娘が、野獣になった父親を殺害したとしても、それも彼女の人生の真実である。

そして、二つの真実のうちの一つを選ぶのが法であり、他の一つを選ぶのが作家の特権であろう。棟居の来訪は、その特権に対するオマージュであった。

宮越は、幻の恋人を相続した志織をモデルに、生涯の恋物語を書きたいとおもった。

そして、その一作を志織と共に、かつての少女の墓前に供える場面《シーン》を想像した。

解説――円熟のきらめき、強さ、覚悟

村上貴史
（ミステリ書評家）

本書の著者である森村誠一は一九三三年に生まれ、大学卒業後、ホテルマン時代の一九六五年にエッセイ『サラリーマン悪徳セミナー』で作家デビューを果たした。その後、青樹社から『大都会』（一九六七年）などの小説を発表するも、売れ行きは芳《かんば》しくなかった。その青樹社の編集長のアドバイスでミステリを書き（約一ヵ月で、だ）、それを江戸川乱歩賞に応募してみたところ、なんと受賞という結果を得た。巨大ホテルの高層の密室でオーナー社長が刺殺された事件に端を発する『高層の死角』（一九六九年）である。その後は『腐食の構造』（一九七三年）で日本推理作家協会賞を受賞し、また、『人間の証明』（一九七六年）が大ヒットするなど、人気作家として活躍するようになる。二〇〇四年には、〝わが国のミステリー文学の発展に著しく寄与した作家および評論家〟に授与される日本ミステリー文学大賞も受賞した。

本書『ただ一人の幻影』は、そんな森村誠一が二〇一〇年から二〇一三年にかけて、「問題小説」及び「読楽」に発表した八つの短篇を収録した作品集である。二〇一四年に徳間書店から刊行され、今回はその文庫化となる。

本解説では、収録作を発表順に紹介していく。

本書収録作では最も早く発表されたのは、森村誠一の人気キャラクターである棟居弘一郎が登場する第七話「芳しき共犯者」だ。「問題小説」の二〇一〇年一一月号に掲載された。棟居が富山出張から帰京して後のこと。歌舞伎町のラブホテルで、二十七歳の女性が殺される事件が起きた。捜査にあたった棟居は、その事件に富山出張時に現地で見かけた女性が関係しているらしいと気付く……。事件捜査を描いているものの、捜査の進展そのものよりも、事件に関係した人々の心の動きが胸に残る。身勝手、思い遣《や》り、脆《もろ》さ。それぞれが生々しく、読後、なんともやるせない思いが残る。題名にある〝芳しさ〟と、事件や登場人物との重ね方も巧みで印象深い。ちなみにこの短篇には棟居の知友である作家の著作『コールガール』が登場するが、森村自身にも『コールガール』という著作がある。本稿では、森村の『コールガール』が、銀座のクラブを舞台にした官能ミステリであることだけを書き添えておこう。

続く第三話「神風の怨敵」は「問題小説」二〇一一年二月号に発表。第二次大戦末期の特攻隊員の物語を導入部として、警視庁捜査一課を定年退職した吉岡の還暦後を描いた短篇だ。一般人となった吉岡は、高校の同窓会に参加し、現役時代のある未解決事件について、解明の糸口らしきものを得る……。解決できなかった事件の真相を探る妙味に加えて、一般人であるからこその吉岡の判断が読みどころである。

三番目に発表されたのが、「問題小説」二〇一一年七月号に掲載された本書表題作の第四話「ただ一人の幻影」である。その紹介に先立ち、二点、触れておきたい。

まずは、二〇一一年三月三日のこと。前年発表した長篇時代小説『悪道』が、吉川英治文学賞を受賞した。この賞を受賞した際には、『老いる意味　うつ、勇気、夢』(二〇二二年)によれば、「これからまだ五十冊を書く」と挨拶で宣言したという。デビューから四十年以上も第一線での活躍を続け、七十八歳となってなお、頭のなかにはいくつものアイディアがあったのだそうだ。本書収録の短篇は、いずれもこうした時期に書かれたものであることを、読み手として頭に刻んでおきたい。

もう一点は、その受賞から十日も経たない同年同月十一日に発生した東日本大震災である。この衝撃のなかでも森村誠一は、文芸が天災の被災者に対して持つ力を信じていたという（二〇一五年発表のエッセイ『遠い昨日、近い昔』より）。一九九五年に起きた阪神・淡路大震災において、自身も文芸の立場から鎮魂組曲の原詩執筆という支援を行い、被災者の再生を実際に感じてきたからだった。

そして「ただ一人の幻影」である。桐原晋也は、東日本大震災を東京で体験し、学生時代に訪れた東北での四泊五日を思い出す。町役場の福原みすずという女性と知り合い、惹《ひ》かれ合い、しかしながらお互いに想いは言葉にせず、固く手を握ったのみで別れたことを……。震災を契機に東北の思い出の土地を訪ねた桐原が体験する不思議な出来事を描いた一篇で、思わぬ展開を愉しめる。被災地の状況を生々しく描きつつも、作品には絶望感ではなく復興を信じるメッセージが込められているのは、前述の著者の気持ちに起因するものだろう。

そしてその年の終わりのこと。「問題小説」が二〇一一年一二月号をもって終刊となった。二〇一二年からはリニューアルされた「読楽」が刊行されるようになる。

本書の第五話「海の宝石」は、「読楽」二〇一二年七月号に掲載された。暴力団の一員であった大宮真一が、組から全国手配された。組長の愛人を寝取ったらしい。大宮が逃亡を続けるなか、棟居は朝の散歩中に、ホームレスが殺害された事件の第一発見者となる。同時期に川辺達一は、ある事件をきっかけに娘と妻を失い、山下大蔵は東日本大震災で家族も家も失い、桜井汀は恋人に別れを告げられた。「海の宝石」は、棟居、川辺、山下、桜井、そして大宮という五人を巧みに編み上げた、短篇らしい切れ味を堪能できる一作である。

第六話「最後の灯明」は、「読楽」の同年一一月号に掲載。新卒で入社した会社を定年退職した沢野哲哉が、ようやく得た自由時間を活かして、ある人物に恩返しし、その後、別の人物に復讐しようとする物語である。恩返しも復讐も、それぞれ読者が予想しなかったであろう展開で進んでいく魅力を堪能。特に恩返しパートが痛快だ。

翌年、「読楽」二〇一三年二月号に掲載されたのが、第二話「永遠の祭壇」である。一泊二日で妻籠《つまご》に命の選択に出かけた棟居は、現地で一人の女性と何度もすれ違う。宿も同じだったが、会釈《えしゃく》程度で家路に就《つ》いた。休暇を終えた棟居は、新宿のアパートで青年が首を吊った事件を担当。一見すると自殺のようだが、他殺の疑いもある。その青年の部屋で発見した写真に、棟居が妻籠で何度も遭遇した女性が写っており、また、棟居が妻籠で写した写真にも青年が写っていた……。正確な執筆時期は不明だが、おそらくは八十歳の森村誠一が、二十五歳の青年の必死の想いを丹念に綴《つづ》った一篇である。「最後の灯明」と重ねて読むと、より味わい深い。

第一話「運命の初夜」は、発表順でいうと実は最後から二番目で、「読楽」二〇一三年五月号の掲載。司法試験に合格して弁護士として歩み始めるも開店休業で、ふとしたきっかけで司会者として成功を収めた式根正信。ある結婚式の司会の最中、彼は新郎が結婚詐欺師であると気付いた。ご祝儀の持ち逃げなどを防止すべく式根は動くが、式の途中で新郎は姿を消してしまう。式の後半、式根は新郎の代理を務めるよう新婦に要請され……。現在進行形の結婚詐欺というスリリングな発端から、物語は次々と思わぬ方向に転がっていく。本書収録作で最も意外性を愉《たの》しめる。

少々遠回りする余談をここで一つ。「最後の灯明」と「永遠の祭壇」の間に、森村誠一は棟居刑事シリーズの『棟居刑事の見知らぬ旅人』（二〇一二年）を発表している。この作品において、棟居の登場に先立ち、小説の約三割までを主役として牽引《けんいん》するのが、代行業者の降矢浩季《ふるやひろき》である。自衛隊最精強といわれる第一空挺団出身という彼は、二〇一一年六月発表の『棟居刑事の代行人《ジ・エージェント》』でも同様に物語の牽引役として登場している。同書において結婚披露宴の手配を代行した降矢は、当日、〝結婚式に新郎が登場しない〟というハプニングに直面することとなる。そして降矢は、新郎の代行を務めるよう要請されるのだ――「運命の初夜」の式根正信のように。そこから先の展開は全く異なるので、是非「運命の初夜」と読み比べてみていただきたい。

そして最終話の「遠い夏」。発表順でも最後となる一篇で、「読楽」二〇一三年一〇月号に掲載された。商社を定年退職後、作家になった宮越和広が、その約十年後、学生時代の想い出の女性の娘という人物から手紙を受け取る……。本作で森村誠一は、殺人事件における凶器の分析といったミステリ要素と、人の心の動きの奥底への考察を鮮やかに織り上げた。作家としての自由と自由の重さを、終盤で少しだけ顔を出す棟居の考察と並べて語っており、読み手の心に深く響く。

本書の八篇を二〇一三年までに発表した後、森村誠一は、短篇「ただ一人の幻影」で得た着想を発展させたかのような長篇『祈りの証明　3・11の奇跡』（二〇一三年）や、棟居刑事シリーズの新作『棟居刑事の永遠の狩人』（二〇一四年）を発表し、さらに『悪道』をシリーズとして書き継ぐなど活躍を続けていたが、自伝となる『遠い昨日、近い昔』を二〇一五年に書き上げた後、老人性うつ病と認知症の合併症となってしまう。だが彼は三年がかりで病との闘いを乗り越え、詩と小説の融合という新たな試みに挑んで『永遠の詩情』を二〇一九年に発表したり、『老いる意味』で、うつ病や認知症との闘いを振り返り、さらには老いて生きることについての考えを述べるといった回復ぶりを示す。それでもやはり年月は容赦ないもので、二〇二三年七月、ついに肺炎で帰らぬ人となった。

作家であり続けることを強く意識し、五十年以上も作家として生きてきた森村誠一。本書では、彼の作家人生の一部である二〇一〇年から一三年に刻んだ円熟のきらめきを、その期間に発生した震災のなかで示した強さを、さらには傘寿に差し掛かろうという年齢や自由と向き合う覚悟を、体感させて戴いた。

よい短篇集である。

二〇二四年一月

この作品は2014年4月徳間書店より刊行されました。
なお、本作品はフィクションであり実在の個人・団体などとは一切関係がありません。

徳間文庫

ただ一人《ひとり》の幻影《げんえい》

2024年3月15日 初刷

著者 森《もり》村《むら》誠《せい》一《いち》
発行者 小宮英行
発行所 株式会社徳間書店
東京都品川区上大崎三―一―一
目黒セントラルスクエア 〒141―8202
電話 編集〇三(五四〇三)四三四九
販売〇四九(二九三)五五二一
振替 〇〇一四〇―〇―四四三九二
印刷
製本 大日本印刷株式会社

ISBN978-4-19-894931-0 (乱丁、落丁本はお取りかえいたします)